ساحل اور طوفان

(افسانے)

واجدہ تبسم

Saahil aur Tuufaan *(Short Stories)*
by: Wajida Tabassum
Edition: August '2025
Publisher :
Taemeer Publications LLC (Michigan, USA / Hyderabad, India)

ISBN 978-93-6908-458-6

کتاب	:	**ساحل اور طوفان** (افسانے)
مصنفہ	:	**واجدہ تبسم**
صنف	:	فکشن
ناشر	:	تعمیر پبلی کیشنز (حیدرآباد، انڈیا)
سالِ اشاعت	:	۲۰۲۵ء
صفحات	:	۱۴۲
سرورق ڈیزائن	:	تعمیر ویب ڈیزائن

فہرست

نتھ کا بوجھ

میں بھی دلہن بنوں گی ——

میں بھی دلہن بنوں گی ——

یہ میرے بچپن کی بات ہے، ان دنوں میں بہت چھوٹی تھی، اس زمانے میں زندگی کا کوئی واضح تصوّر میرے ذہن میں نہ تھا۔ میں اپنی امّاں کے ساتھ کسی شادی میں گئی تھی۔ زیورات، سرخ کپڑوں اور خوشبوؤں سے لدی پھندی خوبصورت سی دلہن دیکھ کر بس میں نے اکدم طے کر لیا تھا کہ میں بھی دلہن بنوں گی! لیکن تھوڑی ہی دیر میں باہر سے جب نکاح خوانی ہو چکنے کا شور بلند ہوا اور دلہن نئے سرے سے سنواری جانے لگی تو سسرالی عورتوں میں سے ایک، جو سب سے بھاری بھرکم تھی، اپنے ہاتھوں میں تولے، سوا تولے کی وزنی نتھ لے کر اٹھی (اور کچھ یوں

جیسے دلہن کوئی بے جان چیز ہو) اور دلہن کی نازک سی ناک میں ڈال دی، ہائے وہ نازک سا چہرہ، ننھی سی پتلی سی سرخ سرخ ناک اور اس پر نتھ کا بوجھ — میں زندگی بھر وہ سنگ دل لمحہ نہیں بھول سکتی جب نتھ کے بوجھ سے دلہن کے چہرے کا رنگ پکے سیب جیسا ہو کر رہ گیا تھا اور ناک یوں سرخ ہو رہی تھی کہ اب خون ٹپکا کہ تب خون ٹپکا!

اور تبھی میں نے فیصلہ کر لیا کہ میں کبھی دلہن نہ بنوں گی۔ — میں کبھی شادی نہ کروں گی، یہ نتھ کا بوجھ کتنا بھاری ہوتا ہے! اور یہ سسرالی عورتیں کتنی بے حس اور ظالم ہوتی ہیں — نہیں نہیں میں یہ ظلم نہ سہہ سکوں گی، میں شادی ہی نہ کروں گی، میں کبھی نتھ نہیں پہنوں گی!

لیکن لڑکیاں کتنی معصوم اور بھولی ہوتی ہیں۔ صرف کہہ دینے اور سوچ لینے سے کیا ہوتا ہے۔ عورت کا جنم لیا ہے تو نتھ تو پہننی ہی پڑے گی یہ بوجھ تو سہنا ہی پڑے گا۔ اور ایسا ہی ہوا جب میں بڑی ہوئی تو گھر میں میری شادی کی بات چیت ہونے لگی۔ میں کیسے کیسے تڑپی مجھ پر ظلم نہ کرو۔ خدا کے لئے مجھے بابل کے انگنا میں یوں ہی کھیلتے رہنے دو —! لیکن میں عورت تھی نا — ؟؟

باہر نکاح خوانی ہو چکنے کا شور اٹھا اور میری سسرالی عورتوں میں سے ایک نے اٹھ کر میرا سرسراتا ہوا ریشمی سرخ گھونگٹ ہٹایا اور پھر اس بے دردی سے جیسے میں انسان ہی نہ تھی۔ ایک وزنی نتھ میری ناک میں چبھو دی۔ میری چھوٹی سی ناک اور سوا تولے کی بھاری نتھ — ناک سرخ ہو کر ایک طرف کو جھک سی گئی اور میں سسک سسک کر رونے لگی —

کیا اس سے بھی کڑا کوئی بوجھ ہوتا ہوگا — ؟

ریشمی کپڑوں، پھولوں، اور زیورات کے بوجھ سے میری کمر جھکی جارہی تھی۔ اب ڈولی دروازے سے لگ چکی تھی اور رخصتی کا وقت آ لگا۔ کسی نے مجھے سہارا دے کر اٹھایا۔

" چلو بیٹی — اٹھو — اس گھر میں تو تم مہمان تھیں — اب تمہیں اپنے اصلی گھر جانا ہے۔"

میں نے دھیرے سے قدم اٹھانا چاہا۔ ارے — یہ پاؤں آگے کیوں نہیں بڑھتے — ؟ میرے پیروں میں زنجیر بھی تو نہیں، پھر — ؟ کس نے ان قدموں کو آگے بڑھنے سے روک دیا ہے — ؟ طاقوں میں رکھی گڑیاں، جنھیں ایک مدت سے کبھی چھوا تک نہ تھا۔ سامنے آ کر کھڑی ہو گئیں —"ہم نے روکا ہے تمہیں — کیوں رانی ہمیں چھوڑ کر جارہی ہو؟ بھول تو نہیں جاؤ گی — ؟"

ساتھ کھیلا ہوا بھیا، جو عمر میں برس دو برس بڑا ہی ہوگا۔ لیکن جس سے کبھی بنی نہیں، جس سے ہمیشہ چھوٹے کا سا برتاؤ کیا۔ لڑائی جھگڑا ہی کیا صلح کبھی نہیں، جیسے جی ہار کر پلو پکڑ کر آ کھڑا ہوا۔

" تمہیں میری شیشے کی گولیاں چھیننے اور چھپا کر رکھنے کا کتنا چاؤ تھا — میں اب کھیلنا بھی چاہوں تو پیار سے کون اُلاہنے دے — ؟ کون چھینے، کون چھپائے — ؟ وہ دیکھو کونے میں کتنی ساری گولیاں پڑی ہیں۔ کون کھیلے گر۔؟ اور ان آنکھوں میں بھی جھانک کر دیکھو — کتنے سارے آنسو جھلملا اٹھے ہیں کیا ان سب کو بھلا دو گی بلّو — ؟"

چاندی کی مدھر گھنٹیوں کی طرح بجتی ہوئی ہنستی ہوئی سہیلیاں، جن کے ساتھ زندگی کا ہر پیار بھرا، سکھ بھرا لمحہ بیتا تب بے آواز صدا سے پوچھنے لگیں۔

"پیا کے دیس جا کر بھول تو نہ جاؤ گی؟ سنا ہے جس دیس کی اور تم قدم بڑھا رہی ہو وہ بڑا رنگین دیس ہے ۔ اس کی رنگینیوں میں ڈوب کر کبھی ان دلوں کا خیال بھی کرو گی، جنھوں نے تمہارے ساتھ بیتنے ہر لمحے کو زندگی کی معراج سمجھا تھا؟"

یہ کیسی آوازیں ہیں ۔ ؟ یہ کون سی طاقت ہے جو میرے بڑھتے قدموں کو روک رہی ہے۔ مجھے جانا ہے ۔ مجھے تو اس دیس کو جانا ہی ہے۔ جہاں کی ہر گلی نادیدہ، ہر رہگذر اجنبی اور ہر راستہ میرے لئے نیا ہے ۔ لیکن مجھے جانا ہے ۔ مجھے نہ روکو ۔ خدا کے لئے۔

میں نے بڑی ہمت سے پاؤں بڑھایا ۔ یہ میرے میکے کی دہلیز کی خاک! یہ دہلیز جہاں میں نے اپنی معصوم زندگی کے سترہ برس بتائے ۔ یہیں رہ کر میں نے گھٹنوں گھٹنوں چلنا سیکھا ۔ اسی جگہ میرے دل نے پہلی بار محبت کا نام سنا ۔ اب یہ دہلیز میرے لئے پرائی ہو جائے گی کون جانے وقت کا بوڑھا اور بے رحم ہاتھ مجھے کن اندھیری وادیوں میں لے جا کر پھینک دے، کون جانے میں پھر اس دہلیز پہ قدم رکھوں بھی یا نہیں ۔ آ اے مقدس خاک ۔ میں تجھے اپنی مانگ میں بھر لوں، تو مجھے افشاں سے بھی بڑھ کر عزیز ہے۔

"میری ننّی بہن ۔ میری طرف یوں معصوم آنکھیں اُٹھا کر نہ دیکھ کہ میں نے ہمت کر کے جو قدم اُٹھایا ہے وہ پھر پیچھے پلٹ آئے ۔ جانے والوں کی راہوں میں آنسوؤں کے ستارے نہیں بکھیرا کرتے ۔ میری جان مسکراہٹ

کے چند پھول پھینک دے، تاکہ میری راہیں مہک جائیں اور میں دھیرے دھیرے اس راہ پہ بڑھتی جاؤں جس کے تصور سے ہی میرا دل کانپ رہا ہے۔

بھابی میری سکھی — میں نے تم سے زندگی میں کبھی کچھ نہیں مانگا — آج جو مانگوں دیدو — بس اپنا یہ آنسوؤں بھرا چہرہ اُدھر پھیرلو — میری یاد میں روؤ مت بھابی — میرے بھیّا کو تم نے پرکھا نہیں؟ انھیں تم سے کتنا پیار ہے۔؟ وہ کبھی تمھاری بات نہ ٹالیں گے۔ جب تمہیں میری یاد بے کل کر دے۔، ایک سانولی سہانی شام کو بھیّا کو میری سسرال بھیج دینا بھابی — تم نہیں جانتیں بھابی بہنوں کو اپنے بھائیوں پر کتنا مان ہوتا ہے کتنا ناز —!! میرے خوبرو بھائی کو دیکھ کر سسرال کے سارے لوگ دیکھتے رہ جائیں گے۔ کوئی مجھے روک نہ سکے گا۔ میں تمہارے ساتھ جھولے لینے، سیر کرنے، ساون کے گیت گانے ضرور آؤں گی بھابی، لیکن اس وقت منزل کھوٹی نہ کرو — مجھ سے یہ تمہارے آنسو نہیں دیکھے جاتے بھابی!

نہیں امّاں نہیں — خدا کے لئے آپ سامنے نہ آیئے، دیکھئے میں نے اپنی آنکھیں بند کر لی ہیں — مجھ سے آپ کا یہ حال دیکھا نہیں جاتا۔ میری آنکھوں کے سامنے میری پچھلی زندگی کا ہر ہر لمحہ پلٹ آیا ہے — یہ آپ ہی تو ہیں جو راتوں کو جاگ رہی ہیں۔ میں بیمار ہوں تو مجھے بہلا رہی ہیں۔ میں نے مٹی میں کھیل کر اپنے کپڑے گندے کر لئے ہیں۔ تو آپ نہلا کر مجھے گڑیا کی طرح سنوار رہی ہیں — آپ مجھے الف۔ ب، پ پڑھنا سکھا رہی ہیں کہ میں زندگی کی دوڑ میں کسی سے پیچھے نہ رہ جاؤں۔ یہ میرے ننھے ہاتھوں کی ٹیڑھی میڑھی روٹیاں ہیں۔ جنھیں آپ فخر سے ایک ایک کو دکھا رہی ہیں

کہ میرے بلّو نے پہلی بار پکائی ہیں۔ یہ میری گڑیاں، جن کی شادی بیاہ میں آپ دلچسپی لے رہی ہیں — اور اب یہ میرے جوانی کی طرف بڑھتے قدم — اور آپ کا فکروں سے بھرا چہرہ کہ بس جیسے بنے جوان لڑکی اپنے گھر کی ہو جائے — میری بند آنکھوں کے سامنے ہر ہر واقعہ اُبھر آیا ہے امّاں۔ اب ہزار منتوں کے بعد وہ لمحہ آیا ہے کہ آپ کے سر کا بوجھ اُترے۔ اب اس لمحہ آپ میرے قدم نہ ڈگمگائیے امّاں۔ میرے کندھے نازک ہیں اور بوجھ بے حد بھاری ہے" !!

کتنے سارے تیر اور ایک نازک سا دل — جانے کس طرح میں ڈولی تک پہنچوں گی، — بوجھل قدموں سے میں نے ڈولی میں قدم رکھا — سازوں کی آواز اونچی ہونے لگی، میراثنوں نے وداعی گیت چھیڑ دیا۔ اور ڈولی آگے بڑھنے لگی، — دھیرے دھیرے — کہاروں نے ڈانڈے تھامے — ایک قدم — دوسرا قدم — میں نے پردہ ہٹا کر جھانکا — اب یہ ساری گلیاں پرائی ہو جائیں گی، میں نے بڑے کرب سے سر اٹھا کر دیکھا — ارے یہ اندھیرے میں کون کھڑا ہے — آستینوں سے بار بار یہ کون آنکھیں پونچھے جا رہا ہے — ؟ ارے یہ تو ابا ہیں — !! ابا آپ نے تو ہمیشہ ہی کہا تھا کہ میں بلّو کے بغیر زندہ نہیں رہ پاؤں گا۔ میں اپنی بیٹی نہیں بیاہوں گا — اماں ہنس کر، کچھ ملول ہو کر کہتی تھیں — بڑے بڑے پیغمبروں نے اپنی بیٹیاں، نہیں بٹھائیں تو ہم کون قطار شمار میں ہیں —"

وہ پھیکی سی ہنسی ہنس دیتے — "نا بھئی اپنا اتنا بڑا دل نہیں —"

ابا — میرے ابا — اب میں آپ کی آنکھوں کے سامنے آپ سے

دور ہو رہی ہوں اور آپ بڑھ کر مجھے گلے بھی نہیں لگاتے ۔ اب صبح کے پر نور اُجالے کے ساتھ کون میرے ماتھے پر ہاتھ رکھ کر مجھے جگایا کرے گا۔ "اٹھو بیٹی نماز کا وقت ہو گیا۔ ساری چڑیاں جاگ گئیں ۔"

ابّا اب آپ ہوں گے نہ وہ آنگن ۔ نہ وہ چڑیاں، جن پر ہر بیٹی کو ناز ہوتا ہے، غرور ہوتا ہے کہ میرے میکے کی باسی ہیں ۔ اب میں ہوں گی ۔ زندگی کی طویل طویل اکیلی راہیں ہوں گی، اور یہ کڑا بوجھ ۔ اکدم کہاروں نے ایک دیہاتی وداعی گیت چھیڑ دیا ۔ اور قدم بہ قدم تیز تیز چلنے لگے ۔ میکے کی گلیاں در و دیوار، بھائی بہنیں، سکھی سہیلیاں سب دور ہونے لگیں ۔ اور میری اماں بھی جن کے بغیر زندگی کا کوئی تصور ہی نہ تھا ۔ اور بوڑھے ابا بھی جن کے بڑھاپے کو میری ضرورت تھی ۔ دور سے کپکپاتی، درد میں ڈوبی آنسوؤں سے بوجھل آواز آئی

"کہارو ! ذرا آہستہ ۔ ذرا آہستہ ۔ میں نے بڑے نازوں سے اپنی بیٹی کو پالا ہے ۔ اسے دھکا نہ لگنے دینا !"

آنسوؤں کی تیز بوچھار کے ساتھ میری نتھ کا بوجھ دگنا ہو گیا۔ ابتک میں سوچ رہی تھی کہ کیا نتھ کے بوجھ سے بھی بڑا کوئی بوجھ ہوتا ہو گا۔ اب سمجھ میں آئی کہ جدائی کا بوجھ تو اس سے بڑا ہوتا ہے ۔ !! کہیں بھاری!

میں اپنا گھر بار، بھائی بہن، ماں باپ، سب چھوڑ کر سسرال آ گئی ۔ میں نے تو یہ دیکھا تھا کہ نئی نئی دلہنیں، محبت کرنے والے دولہوں کو پا کر، اپنا ماضی اپنا سب کچھ بھول جاتی ہیں ۔ اور جب سسرال سے میکے لوٹتی ہیں تو نئی زندگی کی خوشیاں اُن کے چہروں پر پونم کا چاند بن کر جگمگاتی ہیں ۔ روپ دونا ۔

نکھر آتا ہے۔ پر جانے کس مٹی سے میری تعمیر ہوئی تھی کہ میں اپنا ماضی نہ بھلا سکی۔ پہلے تو سب نے سنتے نئے پن پر محمول کیا کہ آگے چل کر سب بھول جائے گی۔ لیکن جس طرح سورج جوں جوں آگے بڑھتا ہے اس میں گرمی اور تیزی بڑھتی چلی جاتی ہے۔ اسی طرح میری یادوں کے سورج کی گرمی بڑھتی گئی۔ تیزی بڑھتی گئی۔

شادی کو چند ماہ گزرے تھے کہ خدا نے مجھے زندگی کو نئے طور سے پرکھنے کا موقع دیا۔ مجھے تصور میں ان رنگین اور سہانی کلکاریوں کی گونج سنائی دے گئی جو سونے سے سونے آنگن کو بھی زندگی سے بھرپور کر دیتی ہے۔ شائد یہی ایک لمحہ تھا کہ میں سنبھل سکتی تھی۔ اپنی یادوں اور ماضی کو خوشیوں سے تولتی تو خوشیاں جیت جاتیں کہ ایک دن میں جلدی جلدی کسی کام سے سیڑھیاں اُتر رہی تھی کہ پاؤں پھسلا اور میرے گرتے ہی میری خوشیوں کی جنت بھی سنسان ہو گئی ـــ میں اپنا وہ کرب، وہ دُکھ کبھی الفاظ میں بیان نہ کر پاؤں گی۔ اور میں جو یہ سمجھ بیٹھی تھی کہ زندگی میں ننھے کا بوجھ ہی سب سے بھاری ہوتا ہے، یہ سمجھنے پہ مجبور ہوئی کہ اس بوجھ سے بھاری بھی کئی بوجھ ہیں۔ میرے دل نے مجھ سے پھر وہی پرانا سوال دہرایا۔

جب زندگی میں اتنے دکھ بھرے پڑے ہیں تو عورت آخر ننھے کا بوجھ اُٹھاتی کیوں ہے ـــ؟ حسب معمول میرے دل کو کوئی جواب نہ سوجھا ـــ

وہ دُکھ جس نے میرے دل پر، میری زندگی پر خوشیوں کے دروازے بند کر دیئے۔ ایسا نہ تھا کہ اتنی آسانی سے بھول جاتی، لیکن کسی کی ہمدردی کے بجائے یہ بول سننے کو ملے ـــ "بہو منحوس ہے ـــ!"

"دلہن کا پاؤں اس گھر کو مبارک نہیں لگا۔"

میرا دل کٹ کر رہ جاتا۔ جی چاہتا جاؤں اماں اور ابا کے گلے لگ کر جی بھر کر آنسو بہاؤں ۔۔ انہی دنوں گھر سے بھابی کا خط آیا کہ ابا کی طبیعت خراب رہنے لگی ہے وہ تمہیں بہت یاد کرتے ہیں ۔۔ میں بے حد تڑپی، لیکن جا نہ پائی ۔ گرمیوں کی سنسناتی دوپہر میں جب سب سو جاتے، میں برآمدے کے پچھلے چبوترے پر بیٹھی ان ننھی ننھی چڑیوں کو حیرت سے تکا کرتی جن پر کوئی پابندی نہ تھی۔ جن کا جہاں جی چاہتا اڑ کر چلی جاتیں ۔ جو آزاد تھیں اور خود مختار۔ لیکن میں چڑیا نہ تھی انسان تھی جس کی اپنی مجبوریاں ہوتی ہیں ۔ اتنے بڑے گھر میں جو سب سے میرے قریب تھے۔ حالات کے ہاتھوں وہی سب سے دور ہو گئے ان کی سروس شہر میں لگی ہوئی تھی ۔ مکان کا معقول انتظام نہ ہونے کی وجہ سے وہ مجھے سسرال ہی میں چھوڑ گئے تھے ۔ اور یوں میں بالکل بے دست و پا تھی

بہت سارے اداس دن یونہی گزرے اور وقت نے ایک بار مجھے پھر قائل کر دیا ۔ جس بوجھ کو تم دلہن بنتے وقت بہت بھاری سمجھتی تھیں ۔ دنیا میں اس سے بھی کہیں بھاری بوجھ ہیں - اور خاص طور سے موت کا بوجھ ۔۔۔ جو تم سے اپنی جان سے زیادہ چاہنے والا باپ چھین لے جاتا ہے ۔ اور تم سمجھ کر بھی نہیں سکتیں ۔۔ جب میں بہت چھوٹی سی تھی اور ابا بہت بڑے تھے وہ اماں سے ہنس کر کہا کرتے تھے ۔ "جب میں اور زیادہ بوڑھا ہو جاؤں گا اور میری بلو اور زیادہ بڑی ہو جائے گی ۔ اور میں پلنگ پر پڑا پڑا کھانسا کروں گا، کام کرنے سے معذور ہو جاؤں گا۔ تب میری بلو بڑھاپے کی لاٹھی بن جائے گی ۔ وہ دوڑ دوڑ کر میرا ہر کام کیا کرے گی ۔ میری ہر ضرورت کا

سامان لالا کر دیا کرے گی۔ چائے پلائے گی۔ پان کوٹ کوٹ کر کھلائے گی اور میں بیٹھا سوچا کروں گا اولاد سے کر خدا کتنا بڑا سکھ دیتا ہے۔ کہ لنگڑا ہو جانے پر بھی انسان پاؤں رکھتا ہے۔ لولا ہو جانے پر بھی ہاتھ رکھتا ہے، اور بینائی کھو چکنے پر بھی سارے میں جگمگاہٹ بھری رہتی ہے۔"

اس جگمگاہٹ کی آس لئے ابا موت کی اندھیری راہوں میں کھو کر رہ گئے جو انھوں نے مجھ سے منسوب کر رکھی تھی۔ گھر میں دوسری بہن بھی تھی، بھائی بھی، چھوٹا بیٹا بھی، بڑا بیٹا بھی، لیکن میں بڑی بیٹی تھی نا جس سے ماں باپ ہرانہونی آس باندھ لیتے ہیں — یہ دکھ! یہ بوجھ!!

دن گزرتے ہیں تو غموں کا احساس بھی مدھم پڑنے لگتا ہے۔ ورنہ انسان کا دل پھٹ کر نہ رہ جائے! لیکن میں کس خاک سے بنی تھی کہ جو غم ملا وہی مقدر بن گیا۔ میں اپنے آپ پر جھلا جھلا جاتی اور سوچتی کہ میں اوروں کی طرح کیوں نہیں ہوں؟ میں غموں کا تعویذ بنا کر کیوں گلے سے لگا لیتی ہوں — میرے سوال کا میرے دل کے پاس کوئی جواب نہ تھا — شائد یہ بات ہو کہ انتہائی بچپن میں شادی اور دلہن بننے کا جو تکلیف دہ تصوّر ذہن میں بیٹھا تھا، وہ سب پر چھا کر رہ گیا۔ اور نتھ کے اس بوجھ نے جس نے دلہن کا چہرہ تکلیف سے بگاڑ دیا تھا، میری زندگی سے ہر خوشی کو دور کر دیا — کون جانے۔

زندگی ایک بار مجھ پر پھر مہربان ہوئی۔ فرشتوں نے پھر مجھے مژدہ سنایا کہ "تمہارے قدموں تلے پھر سے جنت تعمیر ہوتی ہے — ذرا سنبھل کے رہنا۔" میں دودھ کی جلی چھاچھ بھی پھونک کر پینے لگی۔ میں اس احتیاط سے

قدم اٹھاتی جیسے شیشے کے محل میں چل پھر رہی ہوں۔ ماں بننے کی اولین خوشی سے میں اسی وسوسے کے مارے محروم رہ گئی کہ کہیں پھر ڈگمگا نہ جاؤں، پھسل نہ جاؤں۔ لیکن خدا مجھ پر مہربان تھا کہ میں نے نو ماہ کا یہ طویل سفر بہت آسانی سے طے کرلیا لیکن ایک بار پھر مجھے پتہ چلا کہ ننھ کے بوجھ سے بھاری بھی کوئی بوجھ ہوتا ہے اور جب میں ماں بننے چلی تو ساری دنیا کے درد ایک ساتھ مجھ میں سما گئے ——
اور میں یہ سوچنے پر مجبور ہوئی کہ اس درد سے بڑا درد کوئی نہیں —— اس بوجھ سے بھاری کوئی بوجھ نہیں —— ماں بننے کا بوجھ!

میں ایک ننھی مُنّی گڑیا کی ماں بن گئی، جو میری ہی طرح نہ چاہنے پر بھی کسی اجنبی دیس کو بیاہی جائے گی، جس کے پیروں میں بھی پابندیوں کی زنجیریں ہوں گی، جو رہ رہ کر اپنے میکے، اپنے بابل، اپنی سکھی سہیلیوں اور کنبہ قبیلے کو یاد کرے گی، لیکن جا نہ پائے گی —— لیکن میں ایسا کیوں سوچ رہی ہوں؟ خدا نہ کرے جو کوئی بھی لڑکی میری طرح اداسیوں کو اپنا مقدر بنالے! یہ غلط ہے۔ مجھے ایسا نہ سوچنا چاہیئے۔ مجھے ایسا نہ سوچنا چاہیئے —— مجھے خوش رہنا چاہیئے —— میں خوش رہونگی ——

میں اور وہ تو بہت ہی خوش تھے۔ ہماری محبت کی تکمیل کا ہماری گڑیا زندہ ثبوت تھی۔ لیکن ساس نندوں سسرالیوں کو بیٹے کی آرزو تھی —— یوں دنیا دکھاوے کو خوش تو ہوئے لیکن ان کے چہروں سے پڑھا جا سکتا تھا کہ دلہن کا پاؤں دلہن کا شگون اچھا نہیں لگا —— وہ تو بیٹی کو اس دنیا میں لائی ہے جو بہرحال ایک نہ ایک دن پرائی ہو جائے گی۔

لیکن میں تن من دھن سے اپنی ننھی کو پالنے اور پروان چڑھانے لگی

اس دکھ کو یاد کیئے بغیر کہ زندگی میرے ساتھ وہی سلوک کرے گی جو میری اماں کے ساتھ اس نے کیا تھا۔

اب انھیں ترقی مل گئی تھی اور حکومت کی طرف سے ایک بڑا سا گھر بھی ماں باپ اور گھر والوں کی نگاہوں کے طنز کو نظرانداز کر کے، وہ مجھے بھی اپنے ساتھ لے آئے۔ زندگی میں پہلی بار طمانیت کا احساس ہوا۔ لیکن وہی کمبخت دل اور وہی سوچیں۔ جب وہ آفس چلے جاتے اور میں سب کاموں کو نمٹا کر ننھی کو سلا دیتی تب ماضی کی ہر ہر یاد ناگ بن کر ڈستی اور میں سوچتی آخر ہر عورت کیوں نتھ کا بوجھ اُٹھاتی رہے۔؟

زندگی میں یہ آسرا کتنا غنیمت اور مطمئن کرنے والا تھا کہ انھوں نے مجھ پر کسی طرح کی پابندی عائد نہ کی، مجھے جب میکے کی یاد ستاتی بہت خوشی سے میکے پہنچا دیتے اور لے آتے۔ مجھے جس چیز کی ضرورت ہوتی خود بخود پوری کر دیتے — میں کئی بار میکہ گئی بھی، لیکن کھوئے کھوئے پن کا احساس جی کو جپٹا رہا۔ گزرتے ہوئے سالوں نے میرے آنگن کو اور ہرا بھرا کر دیا۔ اب میں تین بچیوں کی ماں تھی۔ دسوسے کہیں زیادہ اور مستقبل کی فکر اس سے سوا — اور جانے کتنی بار دل نے وہ سوال مجھ سے پوچھا اور میں خاموش رہی اور پتہ نہیں کتنی بار میں نے دل ہی دل میں وہی سوال دہرایا اور وہی مجبور دل کی لاجوابی —!

ایک بار پھر بہار میری بگیا میں جھومی اور میں اب کی بار ایک ننھے مُنّے گول مٹول سے بیٹے کی ماں بنی — اس بار میرا دل ایک انجانے اور بے پناہ

خوف سے دھڑک اٹھا۔ کتنی مائیں ہیں جو کتنے بیٹوں کو جنم دیتی ہیں۔ لیکن جوانی سے بڑھاپے کا سفر طے کرتے ہوئے کیا وہ یہ بھی سوچتی ہیں کہ انھیں اس لاٹھی سے بڑھاپے میں کوئی سہارا ملے گا بھی یا نہیں ـــ؟ میں نے کتنے ہی گھرانے دیکھے تھے جہاں ماؤں نے اپنے جگر کا خون پلا پلا کر بیٹیوں کو پالا۔ سکھ بھرا ہر لمحہ خود پر حرام کر لیا۔ لیکن بیٹوں نے اپنی نئی نویلی دلہنوں کا منہ دیکھا اور ماؤں کو بھول گئے۔ جیسے راہ میں پڑے پتھر کو لوگ بے پروائی سے پاؤں سے ہٹا جاتے ہیں اور ان خیالات کے آتے ہی میں نے پہلی بار اپنے آپ کو جی بھر کر ملعون کیا ۔۔ "کیا تم نے زندگی میں کبھی سکھ سے رہنا سیکھا ہی نہیں۔ کیا تم سوچ بھی سکو گی کہ دنیا میں اگر جنت کا تصور بھی کہیں ہے تو یہی تمہارا گھر ہو سکتا ہے۔ جہاں بے حد چاہنے والا ایک شوہر ہے۔ گڑیوں کی طرح پیاری بچیاں ہیں۔ اور ایک ننھا سا گڈا بھی! جو تمہارے گھر کا چراغ ہے۔ تمہارے بڑھاپے کا سہارا ہے۔ تمہاری امیدوں کا مرکز، تمہاری خوشبوں کا امین ـــ!"

لیکن میں مجبور تھی ؟

پھر بھی ڈرتے سہمے، میں جی جان سے اپنے ننھے گڈے کی دیکھ ریکھ کرنے لگی، اور وہ ارمان بھرے دن اور رات ـــ جب اس نے ننھے سے منہ سے پہلی بار 'ماں' کہا ـــ جب وہ پہلی بار کھلونا ٹوٹ جانے پر رو پڑا۔ جب پہلی بار ننھا سا پاؤں اٹھا کر چلنے کی کوشش کی ـــ جب پہلی بار اپنے ننھے سے ہاتھ سے روٹی منہ میں ڈالی اور یہ سارے لمحات میرے دل میں مقید ہو کر رہ گئے ـــ اور زندگی میں سب سے گراں تو وہ لمحات گزرے جب میں نے اپنا دودھ چھڑا کر اسے اوپر کے دودھ سے لگایا ہیں اپنا دودھ پلاتی تھی

تو میرے دل کو یہ غرور، یہ اپنائیت اور یہ عظمت محسوس ہوتی تھی کہ یہ میں ہی تو ہوں جو خدا کے بعد، اس کی زندگی کی ذمہ دار ہوں ۔ میں کسی کام سے لگی رہتی اور دودھ پلانے میں ذرا دیر ہوجاتی تو وہ ننھے ننھے گھٹنوں کے بل، میرے پیچھے پیچھے رینگتا رہتا ۔ اور میرے دل کو یہ احساس زندگی بخشتا رہتا کہ میں ایک زندگی کے لئے کتنی اہمیت رکھتی ہوں ۔ میں کتنی عظیم ہوں ۔ لیکن دودھ چھڑا دینے کے بعد میرا بیٹا مجھ سے بیگانہ بیگانہ سا ہوگیا ـــ اب اسے بھوک لگتی تو وہ اپنی بہنوں میں بیٹھ کر کچھ نہ کچھ کھا لیتا ۔ اور پھر کھیل ہی میں لگ جاتا ـــ ہاں البتہ رات میری ماتا کو ہزار غرور بخشتی آتی جب وہ میرے بنا سوتا ہی نہ تھا اور میں رہ رہ کر سوچتی، میرے خدا کوئی نہ کوئی بات، کوئی نہ کوئی سلسلہ یوں باقی رکھنا کہ میرا اور اس کا تعلق ٹوٹنے نہ پائے ۔ لڑکیوں کا کیا ہے، چار دن رہیں گی، پھر اپنے اپنے گھروں کی ہو جائیں گی ـــ بیٹیوں سے بھلا کس نے دل لگایا ہے ـــ ؟ میری آرزوؤں کا مرکز تو یہی چراغ ہے ۔ اسے سدا جلتا رکھیو ۔ اس کی جوت کبھی ماند نہ پڑنے پائے ۔

ظالم وقت ـــ بے رحم وقت کس طرح گزرتا ہے کسی کے دل کا ہو کہ سوکھ کا اندیشوں کا خیال کئے بغیر بس چلتا چلا جاتا ہے ۔ دیکھنے میں محسوس بھی نہیں ہوتا روز وہی صبح نمودار ہوتی ہے ۔ وہی اجالے، وہی سورج رات اپنے آنچل میں وہی ستاروں کے جھرمٹ لئے آتی ہے ۔ چاند اسی طرح جگمگاتا آسمان پہ طلوع ہوتا ہے ۔ سب کچھ وہی ہوتا ہے لیکن کتنے غیر محسوس طور پہ، یوں کہ ننھی ننھی کومل کلیاں ۔ جوانی کا روپ دھار لیتی ہیں ـــ اور جوان دم بڑھاپے کی طرف

یوں مائل ہو جاتے ہیں کہ آنکھوں کی چمکیلی بجلیاں مدھم مدھم پڑ جاتی ہیں۔ اور وقت، وہی ظالم وقت جس نے خوابوں کے سبزہ زار پر دھیرے دھیرے قدم رکھ کر کبھی حسین لمحوں کو بشارت دی تھی اب ہولے ہولے قدم ٹھکیا دستک دیتا ہے ـــ "میں آگیا ہوں ـــ میں آگیا ہوں!"

اور وقت جو روپ بدل کر ایک بوڑھے کے بھیس میں میرے سامنے کھڑا تھا۔ پھر ایک بار میرے سکون کو ڈگمگا گیا ـــ ارے ـــ ہم اتنی جلدی بوڑھے ہو گئے۔؟ میں نے لرز کر ان کی طرف دیکھا ـــ وہ اپنے سفید بوڑھے بالوں والا سر لئے ایک آرام کرسی پر نڈھال بیٹھے تھے۔ تین تین بیٹیوں کی وداع کا غم ایک باپ کی کمر توڑ دینے کے لئے بہت کافی ہے۔ پھر بیٹیاں بھی کیسی، جو میناؤں کی طرح ہر دم چہکتی، میٹھے بول بولتی ہی رہتی تھیں ـــ میں نے ان کی طرف بھرے دل سے دیکھا اور بوجھل آواز میں بولی۔

"کوئی آپ ہی کی بیٹیاں آپ سے جدا ہوئی ہیں جو دنیا سے منہ موڑ لیا ہے آپ نے ـــ پھر یہ بھی تو سوچئے کہ ہمارا بیٹا جو ہے ہماری دلبستگی کے لئے ـــ یہ تو دنیا کی ریت ہے بیٹیوں کی کمی ہمیشہ بہوؤں نے پوری کی ہے۔" یہ سن کر اکدم اُن کا منہ جگمگا اٹھا۔

اور پھر ہم نے اپنے دل کے سارے ارمان نکال ڈالے ـــ زندگی کا وہ سہارا، جو خدا کے بعد سب سے بڑا سہارا تھا، اس پر ہم نے اپنی زندگی کی ساری پونجی لٹا دی۔ ـــ اب گھر میں ایک ننھی منی خوبصورت سی چھم چھم کرتی دلہن تھی ـــ "تین تین بیٹیاں بیاہ دینے کا وہ بھاری بوجھ کیا ہو کے آجانے

سے ہلکا پڑ جائے گا۔" میں تے ڈوبتے سروں میں اپنے دل سے پوچھا پتہ نہیں ہمیشہ کی ساتھی اداسی نے مجھ پہ یہ بات واضح کی یا حقیقت تھی کہ مجھے محسوس ہوا کہ دلھن کو یہ گھر پسند نہیں ۔۔ نہ گھر نہ گھر والے بوڑھے ہاں شوہر کی بات اور تھی، وہ سراسر اس کا اپنا تھا۔ جب دونوں ایک ساتھ رہتے تو بیحد گھل مل کر باتیں کرتے، ہنسی اور پیار کی مدھم مدھم شرمیلی آوازیں کانوں میں گونجتی رہتیں ۔ لیکن بیٹے کے آفس جاتے ہی گھر پر سناٹا چھا جاتا دلہن رانی کمرے میں پڑی کتابیں پڑھا کرتی۔ یا پھر سیون اور نٹنگ لے کر بیٹھ جاتی ۔ اس کے ہاں ننھا سا مہمان جو آنے والا تھا۔

اور ایک دن میرے دل نے وہ غم سہا جس نے میری کمر جھکا کر رکھ دی۔ ماما دو دن سے بیمار ہو کر چھٹی پر تھی۔ میری طبیعت بھی اچھی نہ تھی۔ بیٹے نے آفس سے آکر چائے کا مطالبہ کیا تو دلہن رانی گرج کر بولی ۔

"اب کیا مجھے ماماؤں کی طرح کام کرنا پڑے گا، جبکہ گھر میں سب لوگ آرام کرتے رہیں ۔"

سب لوگ ۔۔؟ میرے ذہن پر بجلی سی کڑکی ۔۔ میں اور وہ۔ دو بوڑھے دم ۔۔ اگر ہم نے نے آرام کیا بھی تو کیا یہ زیادتی تھی؟ کیا زندگی بھر ہم نے بیلوں کی طرح کام نہیں کیا ہے ۔۔؟ کیا اس بڑھاپے میں اب ہم اتنے آرام کے بھی حقدار نہیں۔ کہ نوکر بیمار رہے تو بہو چائے ہی بنا کر پلا دے ۔۔؟ نہیں یہ ناممکن ہے ۔ یہ زندگی کا بوجھ ہے جو نعش کے بوجھ سے بھی بھاری ہے ۔۔ بہر صورت، بہر حال ۔ اسے اٹھانا ہی ہے ۔۔ اٹھانا ہی پڑے گا ۔۔ ٹھہرو بیٹے! میں تمہاری بوڑھی ماں تمہارے لئے

جائے لاتی ہوں ۔ میں نے تمہیں جنم دیا ہے۔ میں نے تمہیں پال پوس کر بڑا کیا ہے تو کسی اور کے بل بوتے پر نہیں ۔ میں تمہاری ماں ہوں نا ـــ تمہاری خوشیوں کی نگہبان ۔ تمہاری چھوٹی بڑی ہر ہر ضرورت کا خیال رکھنے والی ـــ !

اور میں اپنے بڑھاپے کا بوجھ اُٹھائے، باورچی خانے کی طرف بڑھی ہی تھی کہ اکدم مجھے زور سے چکر آگیا، اور میں تیورا کر زمین پر گر پڑی ـــ میرے گرتے ہی تیزی سے کمرے کا دروازہ کھلا ۔ اور بجلی کی سی پھرتی سے میرا بیٹا لپکا ۔" اماں ۔ ارے اماں آپ گر گئیں ۔ میری ماں" ۔ اور اس نے اکدم مجھے اپنے بازوؤں میں اُٹھا لیا جیسے میں کوئی پھول تھی ۔

زندگی بھر سے جس سوال نے پریشان کر کے میری خوشیاں چھین لی تھیں مجھے آج اس کا جواب اپنے آپ مل گیا کیا ہر عورت تنہا کا بوجھ اسی لئے نہیں اٹھاتی کہ بڑھاپے میں اسے اولاد کا سہارا مل جائے ۔ وہ سہارا جو دنیا میں خدا کے بعد سب سے بڑا سہارا ہوتا ہے ۔ ماں باپ کے بڑھاپے کا بوجھ اُٹھانے کے لئے ایسے ہی مضبوط اور محبت بھرے ہاتھوں کی ضرورت ہوتی ہے نا کیا یہ لمحہ ایسا نہیں جس پر زندگی بھر کے سارے غم وار دیئے جائیں ۔ کیا کوئی عورت تنہا کا بوجھ اٹھا کر گھاٹے میں رہتی ہے ؟ رہ سکتی ہے ؟ نہیں کبھی نہیں"!

میں نے آنکھیں کھول کر دیکھا ـــ میرے بیٹے کی آنکھوں میں آنسو تھے ۔ مجھے ہوش میں دیکھ کر بے تابی سے بولا ـــ " میری اماں، ۔ اچھی ماں ۔ آپ اچھی تو ہیں نا ـــ کہیں چوٹ تو نہیں آئی ـــ ؟"

میں نے اپنے کمزور ہاتھوں میں اس کا چہرہ تھام لیا اور میری جنم جنم کی پیاسی روح سیراب ہو گئی ـــ !!

دو بیٹیاں

میں اکثر سوچتی ہوں کہ خدا اگر عورت کا نام عورت نہ رکھ کر محبّت رکھ دیتا تو کیا ہوتا۔ یقیناً کوئی فرق نہ پڑتا۔ اس لیے کہ عورت محبّت ہی کا تو دوسرا روپ ہے۔ نام بدل جانے سے کیا ہوتا ہے؟ حقیقت تو نہیں بدل جاتی نا؟ کتنی چھوٹی چھوٹی باتیں دل کو تباہ کر کے رکھ دیتی ہیں۔ سارے کھیل اور سلسلے محبت اور دل کی نرمی ہی کے تو ہیں۔ بات کتنی چھوٹی سی تھی۔

پچھلی گرمیوں کی بات ہے۔

دھوپ میں بلا کی تیزی تھی۔ گرمی یوں پڑ رہی تھی جیسے اب کے برس پڑ کر پھر کبھی نہ پڑوں گی۔ انسان ہی کیا جانور اور چرند پرند تک حواس کھو بیٹھے تھے۔ میں اپنے کمرے میں بجلی کی چھت والا پنکھا پوری رفتار سے چلائے اپنے ننھے بچے کے ننھے منے کپڑے سیتی بیٹھی تھی۔ میرے

کمرے کی کھڑکی جو ہوا کے رخ پر کھلتی ہے، ہوا کو اندر لانے میں کافی ناکام ثابت ہو چکی تھی۔ گرمی ہی اس غضب کی تھی ۔ لیکن پھر بھی میں نے وہ کھڑکی یوں ہی کھلی رکھی تھی کہ دھوپ کی ماری چڑیاں ۔ کبوتر اور بھولی بھٹکی رنگین چڑیاں اس کھڑکی سے داخل ہو کر میری الماری پر بیٹھ جاتیں اور میرے کمرے میں ایک سہانا شور بس جاتا۔ مجھے پھر ایسا لگتا کہ بچوں کی پکار ہی نہیں پرندوں کی چہچہاہٹ بھی گھر کو سہانا بنانے میں اہم رول ادا کرتی ہے

اسی دن کی بات ہے۔ میں سر جھکائے مشین چلانے میں مصروف تھی کہ میرے سر کے عین اوپر ننھے منے پر پھٹ پھٹائے ۔ پھر اکدم ایک چڑیا صوفے کے نیچے جا گری ، ہائے یہ بدنصیب ۔ میں نے لرز کر کہا۔ دھوپ سے پناہ لینے کمرے میں گھس تو آئی لیکن سیدھے پنکھے سے جا ٹکرائی۔ اب کیا بچے گی وہ ۔ دراصل یہی وہ لمحہ تھا جب عورت پن کی ساری کمزوریوں برائیوں اور طاقتوں کے ساتھ محبت مجھ پر غالب آئی اور میں سب کچھ، چھوڑ چھاڑ تیزی سے صوفے کے اندر جا گھسی ۔ دھڑکتے دل اور کانپتے ہاتھوں سے یوں کہ کوئی رہ رہ کے کلیجے کو نوچتا ہو ۔ کہیں وہ مر نہ گئی ہو۔ میں نے اپنے ہاتھوں میں اُسے تھام لیا۔ میرا دل رک رک کر چلنے لگا۔ ننھی سی جان کی بساط ہی کیا تھی۔ اور بجلی کا قاتل پنکھا جبکہ اپنی پوری رفتار سے چل رہا ہو۔ ا اس کی آنکھیں بند ہو چکی تھیں ۔ پر پھیل چلے تھے اور آنکھیں جن میں تھوڑی سی جان پڑنے سے زندگی کی بھیک مانگتی جان پڑتی تھیں مجھے رہ رہ کر ابھار رہی تھیں۔

"مجھے بچا لو ۔ مجھے زندگی کی طرف لوٹا لو۔" میں نے بیحد کانپ کر

سوچا۔ نعوذ باللہ ۔ میں کون ہوتی ہوں بچانے اور زندگی بخشنے والی۔ پالن ہار تو وہ رب العزت ہے۔ جو چاہے تو ساری دنیا ایک لمحے میں فنا ہو جائے۔ اور جو چاہے۔ تو اُجاڑ اور سنسان دنیا کو اسی لمحے گلستان بنا دے۔ میں نے اپنے خدا سے اس ننھی سی جان کی سلامتی کی بجید بھرپور دعا مانگی۔ جو بذات خود ننھی سی تھی۔ لیکن جو کسی کی تنہائیوں کی ساتھی بھی ہو گی۔ جو کئی ننھے منے چوں چوں کرتے بچوں کی ماں بھی ہو گی اور ان کی محافظ بھی۔ اس کے ننھے منے گدگدے بدن کی گرمی سے ابھی یہ اندازہ ہوتا تھا کہ پنکھے نے پوری طرح اپنا وار نہیں چلایا ہے۔ اور وہ زندہ ہے۔ میں نے بجید ممتا کے ساتھ اپنے ہاتھوں کے پیالے میں اسے چھپایا اور نسبتاً ایک ٹھنڈے اور پرسکون کونے میں لے جا کر لٹا دیا، یہ سوچ کر کہ اسے بھوک نہ لگی ہو، میں نے چاولوں کے تھوڑے سے دانے اور ایک ننھی سی پیالی میں پانی بھی اُسکے آگے لے جا کر رکھ دیا۔ اور خود وہاں سے ہٹ آئی لیکن پھر میرا دل نہ لگا۔ جانے وہ بچے کہ نہیں ۔ دل میں بار بار کوئی سرگوشی سی کئے جاتا تھا۔ پھر میرا ننھا بھی اٹھ گیا۔ میں کونے میں خبر لینے پہنچی تو وہ بھی رینگتا ہوا آ گیا۔ جو چیز میرے سکون اور اطمینان کا سوال بنی ہوئی تھی وہی میرے ننھے کا کھلونا بن گئی ۔ خدا کی قدرت کیسی عجیب ہے۔ ننھا کچھ ڈر کر، کچھ دلچسپی سے، کچھ حیرت سے، اسے جھک جھک کر دیکھتا رہا۔ پھر اُسے بھوک نے آ لیا۔ اور وہ دودھ کی خاطر رونے لگا۔ میری ممتا دہرے انداز سے جاگی۔ وہ بھی تو بھوکی ہے۔ میں نے درد کے ساتھ سوچا اور پانی کی کٹوری کے چند قطرے انگلیوں سے اٹھا کر اس کی چونچ پر ڈالے ۔ میری خوشی

کی انتہا نہ رہی کہ اس نے اپنی چونچ کھولی اور پانی کی خوشگوار ٹھنڈک کو حلق میں محسوس کرتے ہی مندی مندی آنکھوں کو اک ذرا سا کھول کر میری اور دیکھا۔ مارے خوشی کے میرے ہاتھ پاؤں کپکپا گئے۔ ارے یہ تو زندہ ہے۔ ۔ ارے یہ تو زندہ ہے ۔"

اب کے میں نے چاول کے دانے اس کی چونچ سے قریب کر دیئے، شائد بھوک محسوس کرنے پر کھالے۔ اتنے سارے دانوں میں مجھے لیکن پتہ کیوں کر چلے گا کہ وہ کچھ نہ کچھ کھا چکی ہے۔ میں نے سارے دانے ہٹا کر سو دانے گنے اور اس کے آگے کر دیئے کہ دو تین گھنٹوں بعد آکر گنوں گی۔

تنہائی مریض کے لئے ضروری ہوتی ہے۔ بہتر ہو جو تم یہاں سے ہٹ جاؤ۔" میرے دل نے مجھے مشورہ دیا۔ اور میں بوجھل دل اور بوجھل قدموں سے پیچھے دیکھتی آگے بڑھتی وہاں سے نکل آئی۔ بالکل اسی انداز میں جیسے مریض خود پر سکون ہو۔ لیکن تیماردار ہر لمحہ کانٹوں کا بچھا نکل جانے کی سی کیفیت محسوس کرے۔

شام کو جب وہ آفس سے آئے تو روز کی طرح ٹیبل پر چائے سجائے ان کی منتظر رہنے کی بجائے میں کونے میں چڑیا پر جھکی تالیاں بجا رہی تھی اور ننھا بچہ ننھے منے قہقہہ لگا رہا تھا۔ بات یوں ہوئی تھی کہ دو گھنٹوں بعد جب میں آئی اور چاول کے دانے گنے تو وہ کل پینتیس ہی نکلے۔ میری خوشی کا عالم نہ رہا۔ وہ سیدھے اندر والے کمرے ہی میں آئے اور ہم دونوں ماں بیٹے کو یوں مسرور اور شادماں دیکھ کر حیرت سے بولے۔

"یہ کیا ہو رہا ہے بھئی — ؟"

میں نے جلدی سے انھیں بھی گھسیٹا اور چڑیا کے قریب لے آئی مارے خوشی کے میرے منہ سے بات نہ نکلتی تھی۔ وہ اسی لہجے میں بولے۔

"ہاں ہاں چڑیا تو میں بھی دیکھ رہا ہوں مگر — !"

تب مجھے اپنی حماقت کا احساس ہوا۔ اور کچھ اس انداز میں جیسے کوئی بچہ نئی نئی گفتگو کرنی سیکھے، اور کوئی طویل سی بات ٹھیک طرح ادا نہ کر پائے۔ میں نے صبح سے لے کر اب تک کی ساری داردات انھیں ٹوٹے پھوٹے لفظوں میں کہہ سنائی کہ کس طرح چڑیا پنکھے سے ٹکرائی کیسے میں نے اسے اٹھایا۔ کس طرح خدا سے دعا مانگی۔ کیونکر اس کی پیاس بجھائی، کیسے اس نے چاول کھائے اور — اور میں خوشی سے بے قابو ہو کر بولی۔

"سچ کہیئے اب یہ زندہ بچ جائے گی نا — " !

اُف وہ مردوں کی ازلی بے حسی — کوٹ اُتارتے ہوئے وہ کافی سرد لہجے میں بولے — "تم یہ بھول گئیں کہ خود بھی ایک بچے کی ماں ہو ہاں اگر ننھا اس قسم کی ایکسائیٹ منٹ" کا مظاہرہ کرے تو ٹھیک ہے لیکن .... — میرا دل بجھ سا گیا — حد ہے مردہ دلی اور بے حسی کی۔ میں تو اس بارے میں سوچ سوچ کر پاگل ہوئی جارہی تھی کہ ننھی منی چڑیا جب صحت مند ہو گی، اڑنے کے قابل ہو گی — اپنے ساتھی کے پاس پہنچے گی — اپنے ننھے مُنوں کو اپنی چونچ سے کھلائے گی۔ پلائے تو وہ کس قدر خوش اور مسرور نہ ہوں گے ! لیکن یہ !!

واقعی خدا نے عورتوں اور مردوں کے انداز فکر میں کس قدر تضاد رکھا ہے۔ میں پھر ایک لفظ نہ بولی — انھیں چائے دیکر اور ان کا ضروری کام نپٹا کر میں چڑیا کی خدمت میں مشغول تھی —۔ میرا دل اندر سے چاہ رہا تھا کہ اسے ہاتھ میں لے کر دیر تک رکھوں — پروں کو الٹا کر دیکھوں کہ کہیں زخم وغیرہ تو نہیں ہے۔ خون تو نہیں نکل رہا ہے۔؟ لیکن میں نے یہ بھی سن رکھا تھا کہ چڑیوں کی قوم بہت تنگ نظر ہوتی ہے۔ اگر کوئی انسان کسی چڑیا کو ہاتھ میں لے لے تو پھر دوسری چڑیاں اسے ذات باہر کر دیتی ہیں۔ پتہ نہیں اس بات میں کہاں تک صداقت تھی اور پھر یہ بھی تو تھا کہ میں اسے ایک بار ہاتھوں میں اُٹھا کر اس کونے سے اس کونے تک لا ہی چکی تھی اب دوسری بار بھی چھو لوں تو کیا حرج ہے۔؟ میں نے ڈری ہوئی نگاہوں سے ادھر ادھر دیکھا اتفاقاً کوئی چڑیا، چڑا موجود نہ تھا — میں نے بے حد پیار سے اُسے ہاتھوں میں سمیٹ لیا۔ اور پروں کو بے حد آہستگی سے اُٹھا اٹھا کر دیکھنے لگی، ہائے — ہائے — میرا دل تڑپ اُٹھا۔ بے چاری کے نچلے پر سے ذرا سا خون رس رہا تھا، تبھی تو وہ اڑنے سے قاصر تھی — میں نے اسے اتنی ہی احتیاط سے نیچے رکھ دیا اور پھر کچن کی طرف دوڑی — جلدی جلدی پکا کر حلدی سے اس کی مرہم پٹی کی — اور پھر اس کے پاس بیٹھ کر اس کے تاثرات پڑھنے کی کوشش کرنے لگی۔ اس بیچ میں شوہر نامدار نے دو چکر لگائے — ہر بار میری بیٹھ تھی لیکن میں بغیر مڑے ہی ان کے چہرے کو پڑھتی گئی — تیسری بار وہ آئے تو میرے شانے تے ان کے لطیف اور محبت بھرے ہاتھ کا دباؤ

محسوس کیا۔ مجھے بری طرح رونا آگیا۔ "خدا کی قسم بالکل بچی ہو۔ اب یہ رونا دھونا کس بات پر۔"؟ حالانکہ وہ بھی اچھی طرح سمجھ رہے تھے اور میں جانتی ہوں کہ ہلکی سی خفگی اور جھڑک کے بعد محبت بھرا ایک لمحہ ضبط کے بندھن توڑ دینے کو بجائے کافی ہوتا ہے۔ اور پھر میری حالت تو صبح ہی سے چڑیلک کے مارے غیر ہوئی جارہی ۔ آنسوؤں نے ہزار بار اُمڈنے کی کوشش کی لیکن کوئی کارگر بہانہ ہاتھ نہ آیا تھا۔ لیکن اب انکی محبت!! انھوں نے میری دلجوئی کی خاطر وہیں بیٹھک بنالی ۔ جم کر بیٹھتے ہوئے بولے "تو آپ یہ چڑیاں پال لیں گی ۔" میں سمجھ گئی! اس وقت تو وہ سراسر شرارت اور چھیڑ کے موڈ میں تھے۔ کیونکہ اب انکے چہرے پر مسکراہٹ ناچ رہی تھی ۔ لیکن میں پوری سنجیدگی سے بولی۔

"خواہ مخواہ پالوں گی۔ اور جو اس کے بچے اور شوہر ہوگا تو ۔"؟

"اجی بس رہنے دیجیے۔ آجکل کی خواتین تک کو شوہروں کا خیال نہیں تو پھر یہ تو چڑیاں ہی ٹھہریں۔"

اکدم مجھے خیال آیا کہ رات پڑنے کو آئی اور ابتک میں نے ان کے کھانے پینے کا بندوبست نہیں کیا ہے۔ میں اٹھنے لگی تو انھوں نے مجھے پکڑ کر بٹھا دیا اور پیار سے بولے "میں تو مذاق کرتا تھا۔ تم سنجیدہ ہوگئیں۔ لیکن ایک بات کہوں تمہارا یہ انہماک۔ یہ محنت، یہ تڑپ، یہ بیتابی، دیکھ کر سچ مچ ایسا لگ رہا ہے جیسے یہ چڑیا چڑیا نہ ہو تمہاری بیٹی ہو ۔ اور تم اس کی ماں!"

وہ کس قدر بڑی بات کہہ گئے تھے۔ میرا سینہ جذبات کی شدت

سے بھر آیا۔ لاکھ ضبط کرنے پر بھی پھر سے میرے آنسو بھر بھر بہنے لگے رات بیحد بے کلی میں کٹی ۔ کئی بار اٹھ کر جانا چاہا۔ لیکن ننھے کو مجھ سے لپٹ کر سونے کی عادت تھی ۔ اگر اسے ہٹاتی تو وہ چیختا اور یوں ان کی بھی نیند خراب ہوتی ۔ دن بھر کا تھکا ماندہ مرد گھر پہ آئے اور رات کو سکون سے سوئے تو یقیناً بیوی کا فرض ہے کہ اس کے آرام میں مخل نہ ہونے پائے ۔ میں نے بیحد فرماں برداری کے سے انداز سے یہ سب سوچا اور سونے کی کوشش کرنے لگی ، اس ڈر سے کہ اسے بلی وغیرہ اٹھا نہ لے جائے ۔ میں نے اسے ایک ٹوکرے میں بند کر دیا تھا۔ اور ٹوکرے پر بھاری سا پتھر رکھ دیا تھا۔ صبح کے ستارے نے آخری سسکی لی۔ اور اُدھر میرا دل سینے میں تڑپا۔ لیکن .... کہیں .. . کچھ اور سوچنے سے پیشتر میں نے چھلانگ لگائی اور بے تابی سے ٹوکرا الٹ دیا۔ چڑیا ایک طرف کو جھکی مزے مزے سے دانہ چگ رہی تھی ۔ میرے ہاتھ آپی آپ خدا کے آگے اٹھ گئے اور سر جھک گیا ۔ دوسرے دن اتوار تھا مجھے عام بیویوں کی طرح اتوار کا بیحد انتظار رہتا ہے کہ ہفتہ بھر کی جدائی کے بعد دن بھر کے لئے شوہر کا ساتھ ملتا ہے ۔ اتوار کا دن ہم کبھی باہر نہیں گزارتے دن بھر ساتھ رہتے ہیں۔ باتیں ہنسی مذاق ۔کس کا دل چاہے گا کہ گھر میں ہنسی خوشیوں کی جنت چھوڑ کر باہر جہنم کی آگ میں تپیں ۔ لیکن اس دن ان کا گھر رہنا مجھے کھل رہا تھا۔ اتوار بیچ میں آپڑنے سے الجھن ہو رہی تھی ۔ صرف اس لئے کہ وہ میری ہر ہر حرکت پر نظر رکھیں گے ۔ اور ہنسی اڑائیں گے لیکن مجھے بڑی حیرت ہوئی جب نیند سے جاگتے ہی انھوں نے بغیر

کسی طنز یا مذاق کے سیدھے سادے لہجے میں، جس میں فکر کی ہلکی سی جھلک بھی تھی پوچھا "چڑیا کا کیا حال ہے۔ ؟"

محبت کی بھوکی عورت، پیار کے صرف اسی ایک لمحے کے لئے شاید میکے کو اتنی آسانی سے، اتنی جلدی بھلا دیتی ہے۔ میں نے بےحد خوش ہو کر کہا "خدا کا فضل ہے۔ اب تو وہ چل پھر بھی رہی ہے۔"

"اچھا۔" انھوں نے بغیر کسی بناوٹ کے کہا۔"

"چلو ذرا ہیں بھی دیکھوں۔" چڑیا نے اپنے قریب دیکھ کر کسی قسم کی اجنبیت کا یا ڈر کا اظہار تک نہ کیا، کیا مزے سے بیٹھی ٹک ٹک دیکھتی رہی۔ انھوں نے ایک پتھر پھینکا، جو سیدھا دل میں جا گڑا۔

"اب شام تک یہ اڑ جائے گی۔"

"جی۔" میں بےحد دہل کر بولی "اڑ جائے گی۔" وہ پیار سے ہنسے اور کہا۔ "تندرستی مل جانے کے بعد بھی وہ کیا یوں ہی بیٹھی رہے گی اس کا بھی تو گھر ہوگا۔ بچے ہوں گے۔"

"اور شوہر۔ ؟" میرے تڑپتے دل کو تھوڑا سا قرار ملا ہاں اگر وہ اڑ کر اپنے بچوں اور شوہر کے پاس جائے تو مجھے ملول ہونے کی کیا بات ہے۔ ؟"

اتوار کا سارا دن چڑیا کی دیکھ بھال میں گذرا۔ ہم دونوں اسی کمرے میں اسی کونے میں بیٹھے رہے۔ ننھا بھی ہمارا ساتھ دیتا رہا اس دن ہم نے چائے کھانا سب زمین پر ہی کھایا۔ زمین پر ہی آرام کی خاطر لیٹے۔ یہ دیکھ دیکھ کر بےحد خوشی ہوتی رہی کہ چڑیا اب بڑی

آسانی سے پھدک رہی تھی ۔ اور اب ہمارے اندازے کے مطابق صبح تک ضرور اس لائق ہو جائے گی کہ ایک ہی جست لے کر اڑے اور اپنے بچھڑے ہوئے پیاروں سے جا ملے۔ شام کو مجھ کو ایک انوکھا سا خیال آیا میں میز پر سے ان کی لال روشنائی کی دوات اٹھا لائی اور بولی:

ہم چڑیا کو سرخ رنگ سے رنگ دیں گے!!

"رنگ دیں گے ۔ ؟ کیوں ۔ ؟"

ان کے لہجے میں حد درجہ حیرت تھی ۔

"ارے اس میں حیرت کی کون سی بات ہے ۔؟ میں چاہتی ہوں، جب بہت ساری چڑیوں کے غول میں ہماری یہ زخمی چڑیا ہمارے آنگن اور منڈیروں پر آیا کرے تو ہم بھی تو پہچان سکیں اور خوش ہو سکیں کہ یہ ہی ہے ۔"

"لیکن ۔" وہ چپ رہ گئے ۔

"لیکن ۔ لیکن ؟" میں بے تابی سے بولی ۔

"کہیں ایسا نہ ہو کہ اسے ذرا سے مختلف پا کر دوسری چڑیاں ٹھونگ مار مار کر برادری سے باہر کر دیں ۔ ؟"

بس ۔ اتنی سی بات ۔ ؟ میں سکون کا سانس لے کر بولی ۔ ایسا نہیں ہوگا اس کا مجھے یقین ہے ۔ کیونکہ بچپن میں ہم سب سہیلیاں چڑیاں رنگ رنگ کر چھوڑ دیتی تھیں اور وہ مزے سے اپنی ڈاریں جا ملتی تھیں ۔ میں نے اور انھوں نے بڑی آہستگی سے باری باری چڑیا کو بالکل ایک دلہن کی طرح سرخ رنگ سے لاد دیا۔

رات کو حسب معمول میں نے چڑیا کے آگے کٹوری میں پانی اور دانے رکھ دئے اور میں اطمینان سے سو گئی۔

دوسری صبح میں نے انھیں بھی ساتھ لیا اور چڑیا کے ٹوکرے کے پاس پہنچ میں نے بےحد خوشی سے ٹوکرا اٹھایا۔ سرخ رنگ کی چڑیا بےحد بشاشت سے چوں چوں کر رہی تھی اور ٹوکرے کے حدود میں گھوم پھر رہی تھی۔

اوہ ___ وہ حیرت سے بولے۔ "تم نے تو اسے سچ مچ ایک دلہن کی طرح سنوار دیا ہے۔"

دراصل میں نے ان کے آفس گئے بعد ایک بچپنے کی حرکت یہ کی تھی کہ ایک سنہرے موتیوں کی چھوٹی سی مالا بھی چڑیا کی گردن میں ڈال دی تھی اور واقعی اس کا روپ دلہنوں کی طرح نکھر آیا تھا۔ میں بےحد محبت اور اطمینان کی ہنسی ہنسنے لگی۔ وہ بےحد دم لینے والی اداسی سے بولے۔

"عورت ہر روپ میں عظیم ہے۔ چاہے وہ بیٹی ہو ___ بیوی ہو ماں ہو ___ تم نے تو اسے بالکل ایک ماں کی طرح بیٹی بنا کر رکھا اور ایسے ہی وداع بھی کردو گی۔ جیسے کوئی ماں بیٹی کو ڈولا چڑھاتی ہے۔"

میرا دل اتھل پتھل ہونے لگا۔ منہ سے کچھ نہ بولی۔ چڑیا دیر سے دیر یہاں وہاں پھدکتی رہی۔ پھر شائد اس نے اپنی اڑان کی طاقت کا اندازہ لگانے کے لئے ایک بھرپور جست لگائی۔ اور میری اور ان کی آنکھوں سے دور آسمان کی وسعتوں میں غائب ہوگئی۔

"ارے ___ وہ جیسے خواب سے چونکے "چلی گئی کمبخت۔"

واقعہ یہ ہے کہ پہلے ہی سے مجھے بےحد رونا آرہا تھا۔ اور چڑیا کے اڑتے ہی اور ان کے تبصرے کے ساتھ ہی میرے آنسو بہنے لگے انھوں نے مڑ کر مجھے دیکھا، کچھ سراسیمہ اور پریشان سے ہو کر بولے "کیوں فضول آنکھیں گنواتی ہو، چڑیاں بھی کہیں کسی کی میت ہوئی ہیں ۔ بے وفا کہیں کی ۔"!

لیکن ان کے جملوں سے مجھے کوئی تسلی نہ ہو سکی ۔ میں کتنی ہی دیر تک اسی اور دیکھتی رہی جدھر سے چڑیا اڑ گئی تھی۔ مجھے رہ رہ کر یہی خیال آرہا تھا کہ میں نے دو دن سہی، لیکن اس کی کتنی چاہت، کتنی دیکھ ریکھ، کتنی محبت اور فکر کی، اور اس بے وفا نے اڑنے سے پہلے مجھے دیکھا تک نہیں۔ اب بھلا کہاں لوٹ کر آنے چلی ۔!!

بہت سارے دن گزر گئے ۔ لیکن میں بھی کس درجہ حساس اور صحیح معنوں میں بے وقوف تھی کہ ہر دن یہ آس لے کر جاگتی اور ہر رات یہ امید لے کر سوتی کہ کبھی تو وہ پلٹے گی اور میری ہتھیلی پر آکر بیٹھ جائے گی ۔ لیکن وہ نہ لوٹی ۔

لیکن ایک دن میں مارے خوشی، حیرت اور جذبات کے گنگ سی ہو گئی کہ وہی سرخ چڑیا ایک اور چڑے کے ساتھ (جو یقیناً اس کا شوہر ہی تھا) میری کھڑکی کے پٹ پر بیٹھی چک چک چوں چوں کیے جا رہی ہے۔

میں بے حد بے تاب مامتا کے ساتھ لپکی، کچھ اس آس سے جیسے مجھے دیکھتے ہی وہ میری گود میں آپڑے گی۔ لیکن میرے غم کی انتہا نہ رہی کہ اس نے مجھے دیکھا تک نہیں ۔ ایک بار ہلکی سی چک چک کے ساتھ میری

طرف چونچ اٹھاکر دیکھا تو سہی، لیکن اتنی اجنبی نگاہیں جیسے کبھی شناسائی تک نہ تھی ! اور میں اس غم سے سنبھلنے بھی نہ پائی تھی کہ میرے دل کا خیال کئے بنا چڑا چڑی دونوں چک چک چوں چوں کرتے، دور خوشی خوشی اڑ گئے۔
انسان عقل مند ہونے کا دعویٰ کرتا ہے لیکن شدید احساس کے ہاتھوں جانوروں سے بھی زیادہ بے وقوف بن جاتا ہے۔ کم از کم چڑیا کے غم میں نڈھال ہوکر میں تو یہی سوچنے پر مجبور تھی۔ شدید احساس بھی تھا اور ندامت بھی۔ کسی سے نہیں ان سے — صرف ان سے کیونکہ وہ جانتے تھے کہ چڑیا کس طرح مجھ تک آکر بھی مجھ تک نہ آئی — یوں دیکھا جائے تو قصور کسی کا بھی نہیں تھا۔ لیکن میرا دل —؟ اُف !!
بہت سارے دن گزر گئے، چڑیا کا خیال اور اس کی بے وفائی کا گلہ دل سے ہٹتا ہی نہ تھا ۔ایک دن میں یوں ہی دہلیز پر نڈھال سی بیٹھی تھی کہ خاکی کپڑوں والا پوسٹ مین ایک زرد زرد سا اداس لفافہ میری گود میں پھینک گیا۔ خط —؟ کس کا خط —؟ میں نے حیرت سے سوچا۔ اس لئے کہ ادھر جب سے میری شادی ہوئی تھی اور میں نئی دنیا اور نئی خوشیوں کی جنت میں کھو گئی تھی — میری ہر کسی سے خط و کتابت بند ہو چکی تھی — نہ میرے پاس کسی کا خط آتا تھا اور نہ میں ہی کسی کو لکھتی تھی ایسے میں کسی کا خط آجانا میرے لئے آٹھواں عجوبہ تھا۔ میں نے حیرت سے لفافہ کھولا۔ میری کنوارپن کی سہیلی زرینہ کا شکایتی خط تھا —"
پیاری بلّو ، خط پاکر حیرت نہ کرو، بلکہ ہو سکے تو تھوڑا سا رو لینا۔ یہ صحیح ہے کہ تمہیں نئی زندگی، نئی دنیا، شوہر، بچہ، سب کچھ مل گیا۔ لیکن

یوں کوئی اپنے پیچھے چھوٹ آنے والی دنیا کو بھلایا کرتا ہے سے ڈے کے میکے میں تمہارے ابو ہی تو ہیں۔ مجھے تو وہ دن بھولتا ہی نہیں جب انھوں نے سرخ لباس اور زیوروں سے لاد کر تمہیں ڈولے چڑھایا تھا اور تمہارے آنسو بہے ہی جاتے تھے۔ کچھ یوں کہ جیسے تم انھیں کبھی نہ بھلا سکو گی نہ ان کے بغیر جی سکو گی۔ اور اب ذرا سوچو کٹھنائیاں اٹھا کر پالنے پوسنے، اور مر مر کر تکلیف اور انتظار اٹھانے والے ماں باپ کیا ایک خط سے بھی گئے گزرے ہوتے ہیں؟

چچا جان سارا دن تمہارے خط کے منتظر رہتے ہیں انھوں نے مجھ سے کچھ نہیں کہا ہے۔ میں خود سے یہ خط تمہیں لکھ رہی ہوں تم کچھ سوچ سکو۔

زرینہ کا خط میں نے اتنی بار پڑھا اور اتنا روئی کہ الفاظ بہہ گئے ایک خیال دل کو کچوکے دیئے جا رہا تھا۔ اس چڑیا کو میں نے صرف دو ہی دن ذرا تکلیف اٹھا کر پالا تو اس کی بے اعتنائی نے مجھے یوں دکھ دیا اور میں جو اپنے پیچھے اکیس برس کا بندھن توڑ کر آئی تو میری کٹھورتا سے ابو کے دل پر کیا گزرتی ہوگی،

وہ دن اور آج کا دن — پھر کبھی میں نے چڑیا کی بے وفائی کا گلہ نہیں کیا۔

چڑھاوا

خالہ بی کے چہرے پر ہوائیاں اُڑ رہی تھیں۔ منہ کا رنگ فق ہو گیا تھا اور ہاتھ پیر مسلسل کانپے جا رہے تھے۔ پاس کھڑی ہوئی کریمن کو انھوں نے سر سے پاؤں تک دیکھا اور آہستہ سے مگر تیز لہجے میں پوچھا۔

"تو نے اپنی آنکھوں سے دیکھا۔؟"

کریمن نے اِدھر اُدھر دیکھا اور رازدارانہ لہجے میں بولی۔ "لے بی، میں جھوٹ کہوں تو میرے منہ میں کیڑے پڑیں۔ میں نے خود کمرہ جھاڑتے ہوئے پھولوں کے گچھے پھینکے ہیں۔ اے بی، میں تو روز ہی جھاڑتی ہوں۔ آگے بھی دو ایک بار پھولوں کی مرجھائی کمھلائی پتیاں دکھائی دیں۔ میں

سمجھی یہی کوئی بچہ وچہ ڈال گیا ہوگا۔ مگر کل تو خود میں نے اپنی آنکھوں سے زہرہ بی بی کے سرہانے پھول دیکھے ہیں۔ اور ہاں۔" اس کا لہجہ دھیما پڑ گیا۔" بالوں میں تازہ گجرا بھی — اب کیا بولوں مجھے بھی تو ایک دن مرنا ہے۔"

کریمن کی بات پر یقین نہ کرنا گناہ سے کم نہ تھا۔ خالہ بی کے اپنے بچپن سے وہ ملازم تھی۔ اور اب خالہ بی کے بچوں کے بچوں کو وہ کھلا رہی تھی اور یوں بھی اسے جھوٹ بولنے کی پڑی ہی کیا تھی۔ خالہ بی کا دل پھر چھالیہ کاٹنے میں لگ نہ سکا۔ ان کا دل کہہ اٹھا۔" ضرور زہرہ نے پھول توڑے ہوں گے۔ زندگی چلی گئی مگر زندگی کا مزہ نہ گیا۔"

منصور میاں مرے اس وقت زہرہ کی عمر یہی کوئی سترہ اٹھارہ سال کی ہوگی۔ ابھی دو مہینے ہوئے منصور میاں کی تیسری برسی ہوئی تھی اور زہرہ نے رو رو کر اپنا منہ سجالیا تھا۔ بیس اکیس سال کی عمر بھی کوئی عمر ہوتی ہے؟ گڑیا جیسی تو لگتی۔ کسی بات کا ڈھنگ نہ تھا۔ ادھر پیام آیا کہ ماں باپ نے اٹھا بھی دیا۔ تین برس راج کیا۔ چوتھے سال بیوہ ہوگئی اب نصیبوں میں یہی پتھر لکھے تھے۔ بھلا تین برس میں کیا سلیقہ قرینہ آجاتا؟ اور میاں کے مرے بعد تو اور بھی زندگی سے اوب گئی ! زندگی میں مزہ ہی کیا باقی رہ گیا تھا۔؟ دو برس تو جوں توں سسرال میں کاٹے، ساس نندوں نے ہاتھ دھو پیچھا اٹھالیا۔ وہ منہ پھوڑ طعنے دیئے کہ گداز گدار جسم سہتے سہتے لکڑی کا ڈھانچہ بن کر رہ گیا تھا۔

اب چار چھ مہینے سے ماں کے گھر تھی۔ اپنے کمرے میں گم سم پڑی

پڑ رہتی۔ نہ کھانے کا ہوش نہ پینے کا ٹھکانا، اور یوں شادی ہو کر بھی بے چاری کو کیا سکھ ملا۔ منصور میاں کی ایک شادی آگے بھی ہو چکی تھی۔ بڑے گھرانے کی بیٹی اُٹھائی تھی۔ دان دہیز اتنا ملا کہ تمام عمر بیٹھ کر کھاتے تب بھی ختم نہ ہوتا۔ وہ تو مثل ہی ہے کہ چنے ہیں وہاں دانت نہیں اور جہاں دانت ہیں وہاں چنے نہیں۔ برس گزرا، دو برس گزرے۔ تین، پانچ اور پھر دس برس گزر گئے، مگر دلہن کی گود ہری نہ ہوئی۔ لاکھوں ہی علاج معالجے کئے تعویذ گنڈے کرائے۔ مگر مراد بر آتی نہ آئی۔ ساس نندیں پہلے تو چپ چپ رہیں۔ پھر دبے الفاظ میں کہنا شروع کیا۔ اور پھر کھلے بندوں کہنے لگیں۔

"اے میاں کیا بانجھ کو مٹی پکڑ لائے۔ اولاد ہی نہ ہوئی تو یہ موئی دولت کس کام کی۔؟"

"بس ہوا میاں۔ بہت دنوں راہ تک لی۔ اب کر ڈالو دوسری شادی۔"

منصور میاں پہلے تو ہاں، ناں کر کے ٹالتے رہے۔ آخر کو مرد کی ذات تھے۔ بہلاوے، پھسلاوے میں آ ہی گئے اور ماں بہنوں نے جو مرضی دیکھی تو زہرہ کے باپ کو جھٹ پیام دے ڈالا۔ اب لاکھ سوکن بھی تھی مگر پیسہ بھی تو بھرپور تھا۔ اور پیسہ تو تمام عیوب پر شامیانہ بن جاتا ہے۔ دو ایک بیبیوں نے منہ ہلایا بھی۔

"اے بی سوکن پر دے کر زندہ درگور کرنا ہے کیا بیٹی کو۔ عمر تو دیکھو منصور میاں کی۔ چالیس سے بھی ڈھل رہی ہے۔"

مگر دینے والوں نے ہی دھیان نہ دیا تو کون دیتا۔ پھر بڑے تماشے باجے بجے اور دھوم دھام سے زہرہ بیگم منصور میاں کے گھر راج کرنے چلی گئیں زہرہ کی اپنی کیا رائے تھی یہ پوچھنے کی کسی کو ضرورت پیش آئی نہ اس کا سوال ہی اٹھا۔ بھلا پوچھنا بھی کیا۔ ضروریات زندگی کی ہر چیز موجود۔ آسائش کے لئے ہر نعمت میسر۔ پھر لڑکیوں سے پوچھتا بھی کون ہے۔ ماں باپ جو بھی کرتے ہیں اچھا ہی کرتے ہیں۔ پال پوس کر جو بڑا کرتے ہیں تو محبت ہوتی ہی ہوگی۔ یہ نہیں کہ بوجھ اُٹھایا اور سر سے پھینک دیا۔

مگر بھئی غیب کا حال خدا کو معلوم یا جس پر بیتے اس کے دل کو معلوم — چار چھ مہینے بعد زہرہ سسرال سے لوٹی تو ایسا گویا مہینوں کی بیماری کاٹ کر اٹھی ہو۔ رنگ پیلا پیلا جیسے بھرپور بہار میں ترائی کے پھول، قد تو پہلے ہی سرو کی ڈالی کی طرح لچکتا لچکتا تھا۔ اب تو بانس کی بانس معلوم ہوتی تھی۔ بڑی بڑی آنکھیں جن میں مستی جھوما کرتی' اب اپنے حلقے چھوڑ کر نکلی پڑتیں۔ اور چلتی تو یوں ڈگ ڈگ ہو کر، گویا ابھی چلتے میں چکرا کر گر پڑے گی۔

کسی نے کچھ پوچھنا بھی ضروری نہ سمجھا۔ بڑی بوڑھیوں نے سمجھ لیا دن چڑھ گئے ہوں گے۔ تبھی تو یوں کمھلا کر رہ گئی ہے۔ مگر اس نے نہ کبھی ابکائی ہی لی نہ جی متلانے کی ہی شکایت کی۔ سکھی سہیلیوں نے چھیڑا بھی تو یوں گم سم کھونٹ بنی بیٹھی رہی۔ گویا جان ہی نہ ہو بدن میں۔ کپڑے تو وہ جب کا جھول پہنتی کہ شعاعیں سی پھوٹتیں۔ زیور اتنا کہ بدن جھکا پڑتا مگر سارا رس جیسے کسی نے چوس لیا تھا۔ لے دے کے اس کی ساری

دل چسپی اپنے موتیا کے پودوں سے تھی جو اس نے اپنے کنوارے پن میں بڑے چاؤ چونچلوں سے لگائے تھے۔ سب سوتے ہی رہتے اور خود وہ صبح سویرے اٹھ کر ان کی دیکھ بھال کرتی۔ پودے ذرا بڑے ہوئے تو ان میں کلیاں آئیں۔ کلیاں پھول بنیں مگر یہ پھول اس کے سہرے میں گوندھنے ہی نصیب نہ ہوئے۔

منصور میاں کی دوسری شادی تھی بس نکاح مقصود تھا۔ سہرے۔ پھولوں کی نوبت کاہے کو آتی۔ دھوم دھڑاکا تو خوب ہوا مگر پھول نہ چڑھے۔ یہ رواج ہی تھا منصور میاں کے ہاں والوں کا کہ دوسرے چڑھاوے میں پھول نہ چڑھتے۔

ایک بہار گزری اور دوسری بہار آنے سے پہلے ہی پھر اسے سسرال جانا پڑا۔ موتیا کے پودے پھر مرجھانے لگے، دو برس پیچھے لوٹی تو یوں کہ جیسے پہچاننا مشکل تھا۔ شادی سے پہلے ہی ایسی کون بھر کم تھی۔ ہاں بھرا بھرا گداز بدن ضرور تھا۔ کہاں وہ بھری بہار میں مہکتے پھول جیسا چہرہ اور کہاں تو مرجھائی بیل جیسی ہو رہی تھی۔ جھکی پڑ رہی تھی۔ ماں کی خوشی تھی کہ گود بھرے گی۔ ساس کو کیسے کیسے ارمان تھے کہ پوتا کھلاؤں گی، بڑھتی فصل کو ایسا پالا مار گیا کہ یہ ہوا نہ وہ ہوا۔ ادھر دیکھتے ہی دیکھتے منصور میاں کو دل کا درد اٹھا اور ایسے ختم ہو گئے گویا پیدا ہی نہیں ہوئے تھے۔ زہرہ تو ساکت ہو کر رہ گئی۔ سکوت ٹوٹا تو اتنا روئی کہ بے ہوش ہو ہو گئی اپنے شوہر سے کسے محبت نہیں ہوتی۔ اور پھر ایک ہندستانی عورت کو۔ مگر منصور میاں کا لاڈ لاڈ

مر جانا معمولی بات نہ تھی۔ کہنے والوں نے جو منہ کے ذرا پھٹ پھٹے تھے۔ کہا بھی مگر ڈرتے ڈرتے۔ مگر اب کہنے سننے سے ہونا بھی کیا تھا۔ پیسے کی لالچ میں دو زندگیاں تباہ کیں۔ ماں بہنوں کو ہی اتنا خیال ہوتا مگر سبھی کی آنکھیں اندھی تھیں تو راستہ بھی کون دکھاتا۔

زہرہ ابھی کچی کلی تھی۔ موتیا کی کومل کلی۔ جو کسی کی سیج پر نہ کھلی ہوا کے تیز جھونکے سے آپ ہی آپ ٹوٹ کر گر پڑی۔

پروائی ہوا کے جھونکے چلتے۔ ساون کی رم جھم گھٹائیں چھاتیں پاپی من دیا کل ہو ہو اٹھتا۔ پھر بہار آگئی۔ کلیاں تھیں کہ بھونروں کا منہ چوم چوم کر بے باکی سے جھومنے کھلنے لگیں۔ اور ادھر رات ہوتے ہوتے سارے آنگن میں بہار ہی بہار بچھ جاتی۔ خوشبوؤں سے مہکار سے آنگن بھر جاتا۔ بڑے چاؤ سے، بڑی لگن سے زہرہ پودوں کے پاس جاتی۔ مگر پھر لوٹ لوٹ آتی، بیوہ تھی۔ ہار سنگھار، چوٹی کنگھی، بھلا کرتی بھی کیسے؟ آسمان نہ ٹوٹ پڑتا۔ زمین نہ نگل جاتی۔

اللہ جانے کیا خبط تھا زہرہ کو۔ راتوں کے اندھیاروں میں اٹھتی۔ موتیا کے پودوں کے پاس جا کر بیٹھ جاتی اور کچی کلیوں کو توڑ توڑ کر مسل دیتی، پھر آپ ہی آپ اس کی آنکھیں بھیگ اٹھتیں اور نین برسات کے برسات شروع ہو جاتی۔ آنسوؤں نے رہا سہا رس کس بھی چوس لیا۔ پھر بھی کوئی سہارا تھا تو وہی پھول وہی کلیاں۔

جانے ایک دن کیا دل میں آئی کہ دامن بھر پھول سمیٹے اور کمرے میں لا کر بچھا دیئے۔ صبح کو جھاڑو دینے کریمن آئی تو زہرہ کو دیدے

پھاڑ پھاڑ کر دیکھتی رہی، منہ سے تو کچھ بولی دولی نہیں۔ دوسرے دن پھر وہی رنگ دیکھا ___ پھر تو معمول ہی ہو گیا۔ مگر ایک دن تو غضب ہی ہو گیا۔ پھولوں کا گجرا زہرہ کے سیاہ ریشمی بالوں میں پڑا جھول رہا تھا۔ اور کچی پکی کلیاں نیکھے کے پاس ___ شریف گھرانوں کی پردہ دار بیبیاں ایسے ادھین کاہے کو کرتی ہونگی ___ اور پھر بی بی بھی کیسی کہ جوان اور اوپر سے بیوہ ___ برسوں سے نمک کھایا تھا۔ پیٹ میں اتنی بڑی بات کاہے کو رکھتی اس نے بھلائی اسی میں سمجھی کہ خالہ بی سے کہہ دے ___ خالہ بی کا تو سنتے ہی رنگ فق ہو گیا۔ منہ پر ہوائیاں اڑ اڑ گئیں ___ یقین نہ آتا تھا کہ زہرہ ایسا بھی قدم اٹھا سکتی ہے ___ کہ کنواری بھی نہیں ___ بیوہ ہو کر بالوں میں گجرا گوندھے۔ پھولوں کا ہلکا مہکا گجرا ابھی تازہ ہی تازہ تھا کلیاں اپنے بدن کی مست خوشبو زہرہ کے بالوں میں چھپلنے بھی نہ پائی تھیں کہ خالہ بی دندناتی ہوئی پہنچیں اور اس کے بالوں سے پھول کھسوٹ ڈالے۔

"بیوہ ہو کر سنگار کرتی ہے زہرہ! مر کیوں نہیں جاتی، ہماری ناک کٹانے سے پہلے سننے والے سنیں گے تو کیا منہ پر تھوکیں گے، کہ رانڈ مونڈ ہو کر بیسواؤں کی سی چھب دکھاتی ہے۔ یا مولیٰ تو ہی خیر کرے تو کرے ___"

شام کو چپ چپاتے میں خالہ بی نے سب سے کہہ دیا کہ زہرہ کھلے دیدوں ناک کٹانے پر تُل گئی ہے۔

خالو میاں نے سلجھی ہوئی رائے دی۔

"صمدو میاں پڑھے لکھے ہیں - پرانی باتوں کو نہیں مانتے - اپنے بیٹے کے لئے زہرہ کو مانگ رہے تھے۔"

خالہ بی نے دبدبے، پٹ پٹا کران کی طرف دیکھا - "میں کہوں تمہاری عقل گھاس چرنے چلی گئی ہے کیا بیوہ کا نکاح کروگے۔؟ اور جو پورے زمانے میں تھڑی تھڑی ہوگی - تو - منہ اونچا کر سکوگے۔ بس آگا دیکھا نہ پیچھا جو منہ میں آیا اُگلتے چلے گئے -"

خالو میاں نے ٹھنڈے دلوں کہا - "سوچو - غور کرو اور پھر بات پکّی کرو - بیوہ کی شادی ایسی کوئی بری بات نہیں - یہ ضرور بری بات ہے کہ بیوہ اور وہ بھی جوان بیوہ - سنگھار پٹار کرے۔ اور پھر گھر میں جوان لڑکوں کا آنا جانا بھی ہے۔ ہاں -" اور خالو میاں معنی خیز انداز میں جملہ ادھورا چھوڑ کر چپ ہو رہے۔

خالو میاں نے تو ایسے جمے دل سے بھرپور بات کہی، گویا کوئی بُرائی ہی نہ تھی اس میں - اور یوں سوچو تو کتنی بری بات تھی یہ - بھلا شریف گھرانے کی بیٹیوں نے کبھی دو دو شوہر برتے ہوں گے۔ اب مردوں کی بات جانے دو - چار چار شادیاں وہ کریں۔ اس پر بھی چکلوں میں جائیں، تاک جھانک کریں۔ سب روا ہے۔ مرد ذات کو کیا کسی کے کہنے سننے کا ڈر - مگر، ایسا کہیں ہوتا ہے کہ کھلی آنکھوں جیتی جاگتی مکھی نگل لیں -

ماموؤں، پھوپھیوں، خالاؤں کی میٹنگ ہوئی اور طے ہوا کہ شادی کر دینا ہی اچھا ہے - آگے چل کر کوئی بری بات ہوئی تو

نہیں برادری میں منہ دکھانے کے لائق نہ رہیں گے۔ شیطان بہکانے آتا ہے تو پوچھ کر نہیں آتا ۔ بات صاف سیدھی تھی خالہ بی کی سمجھ میں آ گئی ۔ اور صمدو میاں کے گھر ہاں میں جواب بھجوا دیا گیا۔

رزاق میاں بی، اے کر چکے تھے ۔ اعلیٰ ملازمت پر فائز تھے اعلیٰ تعلیم کی خوبو رکھتے تھے۔ خیالات بھی بڑے اونچے اور پاکیزہ تھے "پرانی باتوں کا توڑ توڑنے کے لئے صرف زبانی جمع خرچ سے کام نہیں چلتا۔ عملی طور پر آپ خود آگے نہیں بڑھیں گے تو جاہلوں سے آپ کیا توقع رکھ سکتے ہیں۔"

رزاق میاں کا یہی کہنا تھا ۔ اور اپنے کہے کو وہ یوں نبھا رہے تھے کہ بیوہ سے شادی کر رہے تھے ۔ وہ تو اپنے خیال میں بڑا ایثار کر رہے تھے ۔ مگر سچ پوچھو تو بے چاری زہرہ سہاگن ہی کب ہوئی تھی۔ کہ بیوہ بھی ہو جاتی ۔ ادھ کھلی کچی کلی تھی کہ بیاہ دی گئی۔ پھول بننا نصیب ہی کہاں ہوا ۔ ؟ دنیا والے تو سمجھتے رہے کہ بہار سر پر کھیل رہی ہے۔ مگر خزاں کا ایسا بھرپور تسلط تھا کہ بھولے بسرے بھی کلیاں نہ مہکیں۔

زہرہ نے جب سنا کہ اس کی دوبارہ شادی ہو رہی ہے تو سنّاٹے میں آ گئی ۔ پھر وہی ڈھولک دھبیا ہو گی۔ پھر زیور چڑھیں گے ۔ پھر سجاؤ بناؤ ہوں گے۔ اور سب کچھ تو ملے گا ہی مگر زندگی کہاں ملے گی ۔ ؟

موتیا کے پھول ہوا کے ہلکے ہلکورں سے کانپ رہے تھے۔ زہرہ

پتھر بنی بیٹھی تھی ۔ دو چار پھول ہوا کے زور گملے میں گر پڑے اور نیچے پڑی پتیوں سے لپٹ لپٹ گئے

"مجھے کبھی تو پھولوں کا لمس محسوس نہ ہوا ۔" زہرہ نے کراہ کر پھولوں کو سنایا اور مجھے تم سے محبت کتنی رہی ۔ ؟"

سرسر سر ۔ ہوا چلی ۔ پھول مہکے ، ہلکی ہلکی سی لپٹ آئی اور زہرہ خوشبوؤں میں نہا گئی ۔

زہرہ کے جہیز کا سارا سامان تو منصور میاں کی ماں بہنوں نے رکھ لیا تھا ۔ ماں باپ کے غصے سے بلانے پر زہرہ یوں ہی چلی آئی تھی ۔ مانگنے کے لئے زبان تک نہ ہلائی ۔ اور یوں بھی مانگنے کی ضرورت بھی کیا تھی یہاں تو گھر بھرا پڑا تھا ۔ کس چیز کی کمی تھی ۔ پیسہ تو یہاں یوں ٹپکتا جیسے درختوں سے ذرا سے ہلانے پر بیر زمین پر آپڑتے ہیں ۔

لاکھ بیوہ کی شادی تھی ، تھی تو شادی ہی ، پھر سے جھوڑ جھکے ہونے لگے ہر چیز تیار ہونے لگی ۔ سب گویا یہ بھول ہی بیٹھے تھے کہ کہ یہ دوسری شادی ہے ۔ سب کام یوں گرم جوشی سے ہو رہے تھے گویا پہلی برات ہے ۔ خالو میاں کو صمد میاں کی ایسی پشت پناہی ملی کہ ان کی آنکھوں کے پردے تو ہٹے ہی ہٹے ۔ خالہ جی بھی ساری بدنامی و دنامی بھول بھال گئیں ۔ اور کیا کوئی برائی کرنے تو نہیں جا رہے تھے ۔ پھر ڈر کیا ۔ دنیا والوں کا کیا ہے جو چاہے کہتے پھریں ۔

خالو میاں بار بار جتاتے :۔

"دیکھو بھئی جہیز ایسا دو کہ کسی چیز کی کمی نہ رہ جائے ۔ آگے ہی تو

بے چارو للنے بیوہ بیٹی اٹھائی ہے۔ کسی بات پر شکایت کا کا موقع نہ ملے انھیں۔"

ہر ہر چیز کی گنتی لگتی، کوئی کمی نہ رہ جائے۔ زہرہ ان باتوں سے یوں بے تعلق تھی گویا یہ سب دھوم دھڑکے کسی اور کے لئے ہو رہے ہوں۔ مسکراہٹ تو سدا ہی سے روٹھ چکی تھی۔ اب تو آنسو بھی ساتھ چھوڑ گئے کدھر سے نصیبوں پر سیاہی بھر گئی تھی اللہ ہی جانے۔ کہیں پر سے بھی پتہ نہ چلتا کہ یہ بھی کوئی متنفس ہے۔

شادی کے دن تو دھوم دھڑکے میں کان پڑی آواز سنائی نہ دیتی تھی۔ گھر کے ہر ہر کونے سے چیخ و پکار۔ اور شور شرابے کی مدھم اور تیز آوازیں آرہی تھیں۔ بڑے کمرے میں جہیز کے بے حساب چمکیلے جوڑے سجائے گئے تھے۔ بھڑک دار کرنیں، چمکتے جوڑے کہ آنکھیں خیرہ ہو رہی تھیں۔ زیورات لیسے گویا زیوروں کی دکان کھل گئی ہو۔ شعاعیں سی پڑ رہی تھیں۔ جگ مگ۔ جگ جگ مگ۔ چم چم۔ چم چم۔ اجالا ہی اجالا۔ دیکھنے والوں کی آنکھیں سیر نہ ہوتیں۔ دولھا والوں کی طرف سے چڑھاوا آیا تو وہ بھی بھرپور۔ گھر میں ہزاروں سورج گھس پڑے تھے جیسے۔

چڑھاوے کی کشتیاں کھلیں تو، سہرا ندارد۔ زنانے میں سے کسی نے چلا کر پوچھا

"اے جی چڑھاوے میں پھولوں کا سہرا تو ہے ہی نہیں۔"

کسی نے ادھر سے جواب دیا۔" وہ چونکہ بیوہ کی شادی تھی اس لئے

سہرا نہیں چڑھے گا۔" زہرہ کا دل دھک سے رہ گیا۔

بڑی ممانی جھلا کر بولیں ۔" اے بیوہ کی شادی ہوئی تو کیا غضب ہوگیا۔ دولہن کے پاس سے پھولوں کی لپیٹیں نہیں آتیں تو، دولہن ۔ دولہن نہیں لگتی ۔ بہیں گھر میں موتیا کے پودے لگے ہیں ایک گجرا ہی گوندھ لاؤ۔"

ہر طرف چاؤں چاؤں ہونے لگی ۔ "اے توبہ ہے، ایسا بھی کہیں ہوا ہے ؟"

"اے نا بی ۔ یہ کبھی ممکن ہے ۔ ؟"

"چلو، بی، مت تو ماری نہیں گئی ۔ بھلا چڑھاوے میں پھول چڑھیں گے ۔"

زہرہ کا دل اس کے پہلو میں نہیں کہیں اور دھڑک رہا تھا ۔ اسے اپنے آس پاس موتیا کے پھولوں کی جھالریں محسوس ہو رہی تھیں اور زہرہ ان جھالروں میں ایسی الجھی کہ اسے اپنے آپ کو سنبھالنا دشوار ہوگیا۔

رات کے تین بجے جب بڑے دروازے سے زہرہ کا جنازہ نکلا تو جہیز کے کمرے میں روپہلی اور سنہری طشتوں میں چمکیلے کپڑے اور زیورات پڑے جگ مگ جگ جگ کر رہے تھے ۔ اور زہرہ کے بدن پر صرف موتیا کے ہلکے پھلکے پھول تھے ۔ مہکے ہوئے گجرے تھے جو اس کے چڑھاوے میں نہیں آئے تھے ۔

رنگِ حنا

"لے ہے بی بی جی ۔ آپ کے ہاتھوں کو مہندی کی کون ضرورت ہے۔ یہ سرخ سرخ ہتھیلیاں تو آپ ہی مہندی سے رنگی رنگائی جان پڑتی ہیں ۔" بوا نے بڑی سچائی اور بھولپن سے شمیمہ کے حسن کا اعتراف کیا۔ اختر جو ذرا دور کونے میں اس گڑبڑ اور شور شرابے سے ہٹ کر اخبار "ٹائمز" میں الجھ گیا تھا۔ چونک سا پڑا۔ اس نے اخبار کے کھڑکھڑاتے صفحوں کو ہٹا کر ذری دیر کچھ جھانکا اور بڑے اچنبھے سے پوچھا۔

"بوا جی ۔ یہ کس کی حنائی انگلیوں کی تعریف میں زمین آسمان کے قلابے ملائے جا رہے ہیں۔"

شمی جل گئی ۔ منہ سے کچھ نہ بولی ۔ بڑی بے پروائی سے اور مغرور سی نگاہوں سے اس نے اختر کو یوں دیکھا جیسے ۔ " ہونہہ تم کیا سمجھتے ہو مجھے"

یہ لوا سنا رہی تھیں ۔ اسے میاں یہ اپنی شمیم بی بی کے ہاتھوں کی بات کہہ رہی تھی کہ ایسی سرخا سرخ ہتھیلیوں کو بھلا مہندی کی کون حاجت ہے بٹیا سنگار پٹار تو اس کو بھا دے ہیں ۔ جنھیں اللہ نے صورت نہیں دی ــــ بٹیا تو چاند کی طرح سے چم چاتی ہیں ۔"

شمیمہ اس تمام عرصہ میں بن بنا کر جان جان کر ہتھیلیوں پر مہندی کی تہیں جماتی اور رہ رہ کر اختر کی طرف دیکھتی رہی ۔ اختر کو ہنسی آ گئی

" انوہ ــ یہ لڑکیاں خدا کی قسم ۔ ذرا ان کی تعریف کر دی جائے پھر دیکھو ذرا کیا بنتی ہیں ۔"

شمیمہ اختر کی ہنسی پر تلملا کر بولی ، " آپ کو بن بات کی ہنسی کیوں آتی ہے جناب ۔ ایسے سے پاگلوں میں شمار ہو نے لگے گا ۔ جی ہاں !"

اختر سرا سر ہیرو بن کر بولا ۔ " ایسے بھی کون پاگلوں سے کم ہیں ہم ع

" ہوش و حواس تاب و تواں داغ جا چکے ۔" وہ بڑی بے بسا کی سے گنگنانے لگا ۔

عورت کتنی ہی بھولی رہے ۔ عشق کے اشارے سمجھتے اسے ذرا بھی دیر نہیں لگتی ۔ سمجھ گئی کہ اختر کے شعر کا مخاطب کون ہے ۔ مگر ذرا بن کر ذرا مسکرا کر بولی

" ہوش و حواس و عقل تو لے داغ جا چکے
اب آپ کب جانے والے ہیں سامان تو گیا

اختر پھڑک گیا۔ "بات پتے کی کہی ہے آپ نے شمیمہ بیگم ۔ اب ہم بھی جانے والے ہیں سامان تو گیا۔ مگر یہ بتایئے کیا ہمیں تنہا ہی جانا پڑے گا ۔ یا کوئی حسین ساتھی ہمارا ساتھ دے گا ۔ ورنہ ویرانوں میں کیا دل لگے گا؟

اختر نیا نیا انجینئر ہوا تھا اور حکومت کی طرف سے بالکل جنگل باڑی میں اس کا تقرر ہوا تھا ۔ چند دن تو ڈیوٹی پر چڑھنے میں باقی ہی تھے ۔ ان میں خالاؤں ممانیوں، پھوپھیوں سب سے نپٹتا پھر رہا تھا ۔ آجکل وہ چار دنوں کے لئے ماموں، ممانی کے ہاں اڈہ جمائے ہوئے تھا۔ ماموں تو خیر اپنے ہی تھے مگر ممانی جو پرائے گھر کی تھیں اور روپے پیسے سے میکے سے بھی خوش سسرال سے بھی خوش ۔ ذرا اکڑی، ٹکڑی پھرتی تھیں ۔ اس پر خوبی یہ کہ خدا نے اولادیں ایسی حسین حسین دے رکھی تھیں مانو چاند تاروں کا بن انہی کے آنگن سے کھل اٹھا تھا ۔ ایسی پیاری پیاری صورتیں دیکھنے میں آتیں کہ انسان ذری دیر کو سوچتا رہ جائے کہ حوریں اور غلمان بھلا ان چاند تاروں سے زیادہ اور کیا حسین ہوتے ہوں گے ۔؟ شمیمہ سب سے بڑی تھیں اور پہلی تاریخ کے چاند کی طرح سارا حسن ساری نزاکت اور البیلا پن سمیٹے ہوئے تھیں ۔

خاندان بھر میں یہ بات مشہور تھی کہ جتنے پیام اب تک شمیمہ بیگم کو آچکے ہیں اتنے ساری لڑکیوں کو بھی ملا کر نہ آئے ہوں گے۔ حقیقت تو یہ تھی کہ اگر اتنے پیام نہ آتے تو واقعی حیرت کی بات تھی ۔ کون بات کون خوبی، کون گن بی شمیمہ میں نہیں تھا ۔ تعلیم بھی بی، اے کر چکی تھیں ایم، اے کرنے کا بہت کہا، مگر باپ لاکھ روشن خیال تھے ۔ لڑکے لڑکیوں کی

مخلوط تعلیم کے قائل نہ تھے اور شہر میں جو سب سے بڑا کالج اور یونیورسٹی بھی اس کمبخت حکومت نے یہی چلن چلا رکھا تھا کہ لڑکے لڑکیاں ساتھ ساتھ عشق کے کھیل کھیلیں اور انھوں نے کانوں پر ہاتھ رکھ لئے اور یوں ماں باپ کے بولنے بتانے پر بٹیا نے دھیان دیا تو خود بھی سوچا کہ اب بی اے بھی کچھ ایسی حقیر ڈگری تو ہے نہیں جو میں کرتی پھروں —

شمیمہ بیگم پہ جنگلی بیروں کی طرح ایسے ٹپا ٹپ پیام آئے کہ ماں باپ کو کچھ سوجھی ہی نہیں — پہلے تو کئی زمانے تک یہی بہانہ کام آتا رہا کہ لڑکی پڑھ رہی ہے — پڑھ رہی ہے۔ چلو پڑھائی کا بہانہ ختم ہوا، تو عام ماں باپ کی طرح یہ جملہ زبان پر آتا چلا گیا —" اونہہ ایسی بھی جلدی کیا ہے —" کسی عقل مند کو تو یہ نہ سوجھا کہ ارے کمبختو لڑکی کی عمر میں بھی جلدی اور دیری کو سوچا جاتا ہے — یہ تو ایسی بیل ہوتی ہے کہ بس چڑھی تو چڑھی ہی چڑھی - شمیمہ کے حسن نزاکت اور پیاموں کی افراط کو دیکھتے ہوئے یہ کبھی کسی نے سوچا ہی نہیں کہ لڑکی کی ایک خاص عمر ہوتی ہے جس میں اسے پیام آتے ہیں تو ٹوٹ ٹوٹ کر، جیسے شدید ژالہ باری میں برف کے گولے گر رہے ہوں اور جب برا وقت آتا ہے تو دور اونچی ہوائیں، اونچی پتنگ کی طرح بس اڑتے چلے جاتے ہیں - مگر شمی کے حسن، اوصاف اور تعلیم کے ساتھ ساتھ پیسے کو دیکھتے ہوئے ایسا سوچنا تو حماقت ہی تھا کہ اسے بھی کبھی پیاموں کے لئے ترسنا پڑے گا

شمیمہ کا حسن چڑھتے چاند کی طرح چمکا اور مشہور ہوا تو کانوں کی ایسی وہ بھی پٹ تو نہ تھی کہ یہ نہ سمجھتی کہ میری بھی کوئی ہستی ہے یا نہیں —

۔ ہر آئے گئے کے سہیلیوں، بہنوں، ملنے جلنے والوں کے منہ سے سن سن کر اسے بھی اپنے حسن کا ایسا شدید احساس ہوا کہ بھولے سے بھی اب وہ کسی مرد کو خاطر میں نہ لاتی ۔ اپنے کنوارپن پر نازاں وہ خود کو کنول کی بے داغ کلی سمجھتی اور اپنی جان پہچان والی سہیلیوں، رشتے کی بہنوں کی شادی میں جاتی تو انھیں بڑی کراہت اور نفرت کے ساتھ جالی ہوئی ہانڈی کے خطاب سے نوازتی ۔ عقل کی کوری تو نہ تھی ۔ مگر یہ کبھی بھول کر بھی نہ سوچا کہ پھر خدا نے آدم کی پسلی سے حوا کو کیوں نکالا ۔ اور یوں عورت مرد سے کٹی کٹی رہتی تو دنیا ایک رنگ برنگے بہار بھرے باغیچے کی طرح نظر کیسے آتی ۔

شمیمہ کے باپ ڈپٹی کمشنر تھے ۔ حکومت سے کار بنگلہ، چپراسی، سبھی کچھ ملے ہوئے تھے اور پھر گھر کا بھی پیسہ کچھ کم نہ تھا ۔ بڑھیا زندگی کے ٹھاٹھ باٹ سارے کے سارے میسر تھے، لڑکے لڑکیاں، عیش و عشرت میں پلے پلائے تھے۔ کسی بات کی کمی نہ تھی ۔ خدا نے انھیں اتنا دے رکھا تھا کہ چار کو کھلا کر کھا سکتے تھے، بہن بیچاری ایسے معمولی گھر پڑی تھیں ۔ گو میکے میں جب تک کنواری رہیں گھر کی امیر ہی کہلائیں اور جب بیاہ کر اپنے میاں کی گھر بار کی ہوئیں تو جیسا کہ دنیا کا دستور ہے۔ سسرال ہی سے عورت کا ناطہ ہے ۔ ایک عسرت زدہ زندگی ان کا مقدر بنی ۔ اور خدا نے بیگن کے بیجوں کی طرح اولاد بھی خوب پیٹ بھر کر دی تھی ۔ بڑے لڑکے اختر نے شاندار نمبروں سے سارے لڑکوں کا ریکارڈ توڑ بی ایس سی کیا تو حکومت نے وظیفہ دیا ۔ پڑھائی کے لئے ماموں کے شہر ہی آنا پڑا ۔ تو یہ بات ماموں

کو گوارا نہ ہوئی کہ ان کے ہوتے لڑکا ہوسٹل میں پڑھے۔ دو چار برس کی بات ہی کیا ہوتی ہے بھلا۔؟ ماموں کے اصرار پر اختر آ تو گیا۔ لیکن اب یہ اس کے جی کو معلوم ہوا کہ ممانی کیسی زہر کی پڑیا تھیں —— اسے حیرت تو یہ ہوتی کہ وہ ایسا کوئی چھوٹا موٹا بچہ تو نہ تھا جس سے زیادتی کر بھی لی جائے تو وہ منٹوں ہی میں بھلا دے۔ اچھا خاصا مرد تھا۔ جس کے ذہن پر جو بات پڑتی نقش ہو کر اٹھتی۔ سب سے زیادہ ہنسی تو اسے اس وقت آتی جب وہ دیکھتا کہ کھانے کی میز پر اچھی اچھی ڈشیں وہ اپنے بچوں کی طرف بڑھا دیتیں —— انڈے، گوشت، مرغ، ملائی سب ادھر ہی ادھر ہٹتا جاتا —— اور پھر بڑے اصرار سے دال اور سبزی بڑھا بڑھا کر بولتیں کہ "میاں تم تو کچھ بھی نہیں کھا رہے ہو —— ایسے سے کچھ طاقت رہے گی۔؟"

ہوسٹل کی زندگی یقیناً اس زندگی سے بُری ثابت نہ ہو سکتی تھی —— مگر اختر کو ماموں کی بات کا پاس تھا —— اور واقعہ بھی یہ تھا کہ اس گھر میں اس کے لئے بس ماموں کا دم ہی غنیمت تھا۔ باقی تو سب اپنی اپنی امارت اور خوشیوں کے نشے میں چور تھے۔ کیسی بے ڈھب بات تھی یہ کہ ایسے ماحول میں، اختر کی نگاہ انتخاب پڑی بھی تو کس پر —— وہ جو سبھوں میں یوں چمکتی تھی مانو تاروں میں چاند —— جس کی طرف دیکھنے کے لئے نگاہ کو اتنا اونچا اٹھانا پڑتا تھا کہ گردن درد کرنے لگے۔ برسات کی جھمر جھمر کرتی رُت میں ایک رات جب کسی نے اس کے دروازے پر دستک دی اور اس نے بے دھیانی میں دروازہ کھول دیا تو ایک ننھا منا خوبصورت وجود تھا جس کے ترکش میں تیر کمان تھے اور آنکھیں نور سے بے بہرہ ——

بے چارہ اندھا دیوتا کیوپڈ — اسے کیا پتہ اس کا نشانہ کون ہے ۔؟ اس نے کمان سے تیر جوڑا اور سن کر کے جو چھوڑا تو سیدھا اختر کے دل میں جا چبھا — اختر کو چیخنے کی مہلت نہ ملی ، ۔" ارے یہ کیا کرتے ہو بھائی" مگر وہ پلٹا — اندھیری رات کے شور اور سناٹوں میں گم ہوتے ہوئے اس کی من موہک اور سریلی آواز جگر کو آگ لگا گئی " میں تو اندھا ہوں — مجھے کیا پتہ میرے تیر دل کا نشانہ کون کون ہے ۔ یہ تو میری عادت ہے اور میں تیر چلانے پر مجبور ہوں — مجھے معاف کر دو بھائی ۔ "

وہ برسات کی بڑی ظالم رات تھی — اختر یونان کی لوک کتھائیں پڑھتے پڑھتے وہیں آرام کرسی پر لڑھک پڑا تھا ۔ کہ دروازہ کھلا اور شمیمہ بڑی تیزی اور تندہی سے داخل ہوئی تھی ۔ اور اس کی نیند کا لحاظ کئے بغیر بڑی ترشی سے اس کے سینے پر سے کتاب اٹھاتی ہوئی بولی ۔

" واہ بڑے پڑھنتو بنتے ہیں نیند میں تو دھت ہیں اور دغاباز کیوپڈ دغا دے کے بھاگا " سینے پر ڈال رکھی ہے ۔" اختر بڑبڑا کر اٹھا ۔ کتاب بیچوں بیچ اس جگہ کھلی پڑی تھی جہاں سے وہ عشق کے دیوتا کا بیان پڑھ رہا ۔ کتاب اٹھا کر شمیمہ جانے لگی تو اختر نے بہت کچھ کہنا چاہا مگر اس کی گویائی سلب ہو کر رہ گئی ۔ کیوں کہ جاتے جاتے اس مغرور اور بے پرواسی لڑکی نے بالکل بچوں کو ڈرانے والے انداز سے انگلی اٹھا کر کہا تھا ۔

" چھی چھی چھی ۔ کالج کے لڑکے ! ایسی عشق و محبت کی باتیں نہیں پڑھا کرتے — یوں اخلاق خراب ہو جاتے ہیں ۔"

اس سمے اس کی آنکھیں اس قدر معصوم اور خوبصورت لگی تھیں کہ اختر کا جی چاہا تھا کہ گناہ ثواب، مذہب و ذہب اخلاق و اطوار کے تمام بندھن توڑ کر اسے چوم لے ۔ اس کی آنکھوں کو اپنے ہونٹوں سے ڈھانپ لے مگر وہ صرف سوچ سکا ۔" ڈپٹی کمشنر کی بیٹی ۔ تمہارے جسم پہ اصلی جاپانی سلک کی ساری سل سل کر رہی ہے ۔ تمہارے کمرے کے پردوں کا کپڑا پینتیس روپے گز کا ہے ۔ تمہارے پپا کی کار سورج کی طرح چم چم چمکتی ہے اور تم جب سو کر اٹھتی ہو ۔ تو تمہارا نوکر بیڈ ٹی لئے پہلے ہی سے حاضر رہتا ہے ۔۔۔ اس لئے بہتر یہ ہے کہ اپنی اس معصوم اداؤں کے ساتھ تم اپنے کمرے میں چلی جاؤ ۔ اور میں ؟ ۔ بہتر یہ ہے کہ میں بھی کہیں چلا جاؤں ۔"!

اس نے بڑی بے بسی سے سوچا ۔ اس زمین آسمان کی حدود سے پرے، جہاں کہیں بھی میں چلا جاؤں ۔ کیا واقعی تمہاری یادوں سے بھی چھٹکارا پا جاؤں گا شمی ۔ ؟"

وقت نہ تو پر لگا کر اڑا ۔ نہ تو دلہن کی طرح خراماں خراماں گزرا بس جس طرح کہ چوبیس گھنٹوں کے دن رات چوبیس گھنٹوں میں ہی گزرتے ہیں ۔ ایسے ہی ماہ و سال اپنی رفتار سے گزرے کیونکہ وقت کو تو گزرنا ہوتا ہے ۔ اور خدا جس نے ہر چیز کو حرکت پذیر رکھا ہے ۔ سب کو اپنے مقررہ قاعدے سے حرکت دیتا رہتا ہے ۔ سو یہ تین سال بھی گزر ہی گئے اور ہر چند کہ اختر اور اس کی امی کو یقین تھا کہ آس لگانا بڑی حماقت ہے

جہاں سے انکار کے ٹھیکرے ہی ملیں ۔ پھر بھی انھوں نے شمیمہ کے لئے اختر کا پیام دے ہی دیا ۔ ممانی جان نے ایک ہلکی سی طنز زندہ "ہونہہ" والی مسکراہٹ سے اپنا غصہ ظاہر کر دیا ۔ کیونکہ یہ حقیقت تھی کہ شمیمہ کے لئے ڈاکٹر، انجینئر، کمشنر، بیرسٹر کوئی ایسا چھوٹا تھا جس کا پیام نہ آیا ہو تو، بھلا بیچارے اختر کو کہ بقول ممانی جان "ان ہی کے گھر کا پروردہ تھا کون قبول نے چلا تھا ۔ ؟؟

مگر یہ اختر کی سعادت مندی تھی ۔ یا عشق کی انتہا کہہ لیں کہ انکار ۔ اور پھر پورے انکار کے باوجود بھی ڈیوٹی جوائن کرنے سے پہلے ماموں ممانی سے ملنے چلا آیا تھا ۔ اس کے دل کو نہ جانے کیوں یقین تھا کہ یہ انکار صرف ممانی کی طرف سے ہے ۔ جیسا کہ ہر شوہر بیوی کی بری بھلی سنتا اور سر جھکاتا ہی ہے ۔ ماموں بھی چپ رہ گئے ہوں گے ۔ مگر یہ ماننے کو اس کا جی تیار نہ ہوتا تھا کہ یہ انکار صرف شمیمہ کی طرف سے بھی ہے ۔ دو دن بعد عید پڑتی تھی ۔ ماموں نے اصرار سے روک لیا تھا اور اسے رکنا ہی پڑا تھا ۔ ان دو دنوں میں وہ انکار کی ذلت سے دوچار ہو جانے کے بعد بھی چھیڑ چھاڑ سے ہیر پھیر سے تنہائی میں موقع نکال کر شمیمہ سے پوچھ لینا چاہتا تھا کہ واقعی میں تمہارا اہل نہیں ہوں ۔ ؟؟

ادھر عید کا چاند دیکھا اور عید کی دھوم دھڑکا شروع ہو گئی کپڑے نکل رہے ہیں ۔ مہندی بھگوئی جا رہی ہے ۔ کسی کے دوپٹے پر ادھورا گوٹا ٹنکا تھا وہ پورا کیا جا رہا ہے ۔ کسی کے غرارے کی سنجاف پر چمپا ٹنک رہا ہے ۔ یوں لگ رہا تھا کہ صبح ہو گی ہی نہیں ۔ سارے کام

اسی لمحہ ینپکٹے جا رہے ہیں۔ دالان میں سو سو کینڈل پاور کے بلب لگا کر رات کو دن میں بدل دیا گیا ہے۔ سفید چاندنی بچھا کر بوا ساری لڑکیوں کے مہندی لگانے بیٹھ گئی ہیں۔ گوری گوری سانولی سلونی۔ گلابی، سرخ پیپل کی طرح ملائم چکنی اور کومل ہتھیلیاں گھنٹے دو گھنٹے میں شفق رنگ ہو جائیں گی۔ اختر کو ایسے موقعوں پر بڑا مزہ آتا۔ گھر کے اور لڑکے بالے جب اپنی ہی تیاریوں میں مگن رہتے۔ اپنے گھر پر بھی اور اب یہاں ماموں کے یہاں بھی، وہ بیٹھا لڑکیوں عورتوں کی چیخ و پکار، دھوم دھڑلک اور تیلریوں کے شور سے محظوظ ہو رہا تھا۔ اور کہنے کو برائے نام اخبار کے صفحے کھڑ کھڑا رہا تھا۔ جس کا ایک ایک حرف وہ صبح ہی چاٹ چکا تھا۔

بڑے دالان سے ممانی جان کی کراری آواز سنائی دے رہی تھی۔ وہ ماماؤں پر چڑھ رہی تھیں۔ کہ صبح ہونے میں چھ سات گھنٹے ہی باقی رہ گئے ہیں اور ابھی نہ تو سیویاں بھون کر رکھی گئی ہیں۔ نہ شیر خورمے کا میوہ ہی تیار ہوا ہے۔ ممانی جان کے وجود کو فاصلے پر محسوس کر کے اختر نے مطمئن ہو کر اخبار کو نیچے ڈالا اور خود ہتھیلی میں ٹھوڑی ٹکا کر مزے مزے سے حالات کا جائزہ لینے لگا۔ اسے ایسے موقعوں پر بڑی حیرت ہوتی تھی کہ اتنی ساری لڑکیاں کہاں سے آن ٹپکتی ہیں۔ ممانی جان کی ویسے تو صرف تین ہی لڑکیاں تھیں۔ شمیمہ، صبیحہ اور میمونہ۔ لڑکے چار تھے۔ مگر ان کا یہاں ذکر گذر ہی نہ تھا۔ پھر یہ اتنی دھوم دھڑکا کیسے مچ رہی تھی اور بے چاری بوا تھیں کہ ہتھیلیوں کے چاندوں کو چمکاتے چمکاتے انکی اپنی آنکھیں مارے نیند کے کجلائی جا رہی تھیں۔ مگر لڑکیاں تھیں کہ نیند کا آنکھوں میں دور دور تک

نام ونشان نہ تھا۔ مہندی بھی لگ رہی تھی۔ کل کے لباسوں کے متعلق رائے بھی لی، دی جارہی تھی۔ اور مذاق مذاق میں سربستہ راز بھی افشا ہو رہے تھے ان ہی کی باتیں سننے سے اختر کو یہ بھی پتہ چلا کہ کل عید ملنے کے بہانے صبیحہ اور میمونہ کے سسرالی لوگ بھی بات پکی کرنے آرہے ہیں۔ شمیمہ ان دونوں سے ۳-۴ سال بڑی تھی۔ شمیمہ کے بعد تین لڑکے تھے۔ پھر صبیحہ، پھر میمی۔ ظاہر ہے جب شمی کی ہی شادی کا اور چھور نہ تھا تو ان چھوٹیوں کو کون پوچھنے والا تھا۔ مگر بات یوں ہوگئی کہ ڈپٹی صاحب کے بڑے ہی جگری دوست ارشد صاحب کے دو لڑکے ڈاکٹری پڑھنے لندن جارہے تھے۔ اور ارشد صاحب نے دونوں بھائیوں کو دونوں بہنوں کے لئے پیش کرکے نہ صرف اقبالی جواب مانگا تھا۔ بلکہ جلد از جلد شادی بھی مانگ لی تھی۔ اب ڈپٹی صاحب بڑے حیص بیص میں تھے کہ کیا جواب دیں۔ لڑکے بیحد معقول گھرانے کے اور روپے پیسے سے خوش تھے۔ بڑی بات یہ کہ مستقبل روشن تھا اور اس سے بڑی بات یہ کہ دونوں لڑکوں نے لپک جھپک دونوں بہنوں کو دیکھ رکھا تھا۔ اور خود ہی بڑے چاؤ سے پیام دلوائے تھے۔ ان دنوں شمیمہ بی کو پینٹنگ سیکھنے کی دھن سوار تھی۔ انھوں نے بہنوں ہی کے ذریعے ماں سے کہلوا دیا تھا کہ شوق سے آپ صبیحی اور میمی کی شادیاں کردیں میں تو ابھی بزی (BUSY) ہوں اور ماں بھی چونکہ یہ سمجھتی بوجھتی تھیں کہ بھئی شمی کو لڑکوں کا کیا کال۔ انھوں نے بول بتا کر شادیاں پکی کروا دیں۔

ارشد صاحب نہیں چاہتے تھے کہ لڑکے کنوارے ہی فارن جائیں اور وہاں سے تباہ ہو کر لوٹیں۔ شادی کر دینے میں یہ فائدہ تھا کہ مرغوں

کے پیروں میں دھاگے باندھ دیئے جیسی بات تھی، کہ کتنا بھی آگے بڑھ کر چگیں گے۔ پھریں گے مگر لوٹیں گے پھر ڈور سے بندھی کھونٹی ہی کی طرف لڑکیاں شادی کے بعد ماں باپ، یا سسرال جہاں بھی ان کا دل بہلے، بہر حال ہندوستان ہی میں رہنے والی تھیں۔ اس لئے کہ اب بھی اتنی مدت کے لئے اور اتنے خرچ اٹھا کر دلہنوں کو ساتھ تو نہیں بھجوایا جا سکتا اور یوں وقت گزرتے دیر بھی کیا لگتی ہے۔ ؟؟

ایک حسین منظر پینٹ کر کے بی شمیمہ نے سر اٹھایا تو دیکھا کہ صبیحہ کی گود میں ننھی منی گڑیا ہے — اور میمونہ وہ تو آگے ہی سیر سپاٹوں کی شوقین تھی اور فارن جانے پر جان دیتی تھی — وہ اپنے میاں کے پاس پہنچ چکی تھی گھر میں ہنگامہ مچ رہا تھا۔ یہ بڑی عجیب سی بات تھی۔ بڑا سہانا اتفاق کہ صبیحہ بھی ۱۱ر اگست کو پیدا ہوئی تھی اور اس کی بے بی بھی بالکل اسی تاریخ کو — ۱۱ر اگست کو دونوں ماں بیٹی کی ایک ہی دن سالگرہ پڑتی تھیں۔ صبیحہ بڑے چاؤ سے مشین پر گنگنا کر گلابی نائیلون کی پیاری پیاری جھالروں والی فراک سی رہی تھی۔ شمیمہ رنگے ہوئے نیلے پیلے ہاتھ لیے اوپر سے گزری تو یوں ہی سر راہے مسکرا کر پوچھا۔

" میں نے کہا بڑی سرگرمی سے سلائی ہو رہی ہے۔ کیا سل رہا ہے صبیحی — ؟ "

" ارے باجی آپ بھی بس کمال کی ہیں۔ اپنے رنگوں کی جھوٹی دنیا میں کھو کر اس دنیا کی حقیقتیں اتنی جلد فراموش کر دیتی ہیں۔ " وہ چہک چہک کر کہہ رہی تھی۔ " آج میری اور میری بے بی کی سالگرہ ہیں ساتھ منائی

جا رہی ہیں ۔ بے بی ایک سال کی ہوگئی اور میں بائیس سال کی ۔"

شمیمہ کو ایک دم چکر آ گیا ۔ صبیحہ ۲۲ سال کی ہوگئی ۔ اس میں اور صبیحہ میں ۴ سال کی چھوٹائی بڑائی ہے ۔ تو کیا وہ انجانے طور پر چھبیس سال کی ہوگئی ۔ اسے اک دم گزرے ہوئے سالوں کی وہ چاندرات یاد آ گئی جب اختر یہیں تھا ۔ عید کا ہنگامہ مچ رہا تھا ۔ مہندی رچائے جانے کے سارے سلسلے کو وہ بڑی محویت حیرت اور بچوں کی سی خوشی سے تکتا رہا تھا ۔ اور جب کسی کام سے وہ اپنے کمرے میں گئی تھی ۔ تو وہ بھی لپکا چلا آیا تھا اور بڑے ہی نرم اور جذباتی لہجہ میں بولا تھا ۔

"شمی تمہیں پتہ ہے ممانی جان نے جو فیصلہ کیا ہے ۔"

شمی نے بڑے غرور اور حقارت سے میز پر پڑے ہوئے البم کی طرف ایک نگاہ پھینکی تھی ۔ جس میں اس کے لئے آئے ہوئے تمام بڑے بڑے آدمیوں کی تصویریں تھیں اور جو چھتر چھتر میں اس کی میز پر ڈال دی گئی تھیں ۔ اختر نگاہوں کی زبان سمجھ گیا اور ذرا دکھ سے بولا ۔

"یہ سب بہت بڑے بڑے لوگ ہیں شمی ۔ میں جانتا ہوں ۔ مگر آدمی آدمی، دل دل میں فرق ہوتا ہے ۔"

شمی نے اسی تلوار سے اس کو گھائل کیا ۔ "ٹھیک کہا ہے آدمی آدمی میں فرق ہوتا ہے ۔"

اختر جانے کو مڑا ۔ پھر رک کر بولا ۔ "مجھے پتہ ہے شمی تم قسام ازل سے لافانی حسن کی وہ سوغات لے کر آئی ہو کہ برسہا گزر جانے پر بھی تم ایک نوخیز کلی ہی کی طرح سرسبز و شاداب نظر آؤ گی ۔ مگر پھر بھی جیون کی لمبی راہیں

بنا ساتھی کے طے نہیں کی جا سکتیں۔ کبھی نہ کبھی تو تمہیں کسی مرد کے آگے جھکنا ہی ہوگا۔ حسن اور شباب الگ چیز ہے۔ اور ایک سے دو ہو جانے کی تمنا اور ضرورت قطعاً الگ چیز۔" اور وہ کمرے سے ایک دم باہر نکل گیا تھا اور آج اتنے سال گزرنے پر بھی پلٹ کر نہ آیا تھا۔ اس وقت شمی کو مگر یہ سوچ کر بے حد سکون ملا کہ اختر ہی کے الفاظ میں وہ لافانی حسن کی سوغات خدا سے لے کر آئی ہے۔ اسے پریشان ہونے کی ضرورت بھی کیا ہے۔ مگر آج تو جیسے انہونی باتیں شرط باندھ کر اس کا امتحان لے رہی تھیں۔ رات کو سالگرہ کے ہنگامے میں کئی سہیلیاں آئی ہوئی تھیں اس کی ایک نہایت بے تکلف سہیلی نے جو اب تین بچوں کی ماں ہو چکی تھی، ہنس کر اس سے پوچھا۔

"بھئی شمی — یہ کیا خرافات ہے کہ چھوٹی بہنیں بال بچوں والی ہو گئیں اور آپ ابھی تک یوں ہی بیٹھی ہیں۔"

آخر کب کرو گی شادی وادی۔"

وہ بڑبڑا کر بولی —" بھئی اصل میں میں نے پرائیوٹ ایم اے پریوس کر لیا ہے۔ سوچ رہی تھی کہ فائنل بھی نکال لوں۔ پھر سوچا جائے گا"

"اور تب تک تمہارے حسن کے خریدار تمہارے منتظر ہی تو رہیں گے جیسے — بھئی یہ بن بات مدتوں کنواری رہنے کی تک تو اپنی سمجھ میں نہیں آتی — ہاں جہاں پیاموں کی، حسن کی، تعلیم کی، دولت کی مجبوری ہو تو الگ بات ہے۔ تمہیں تو خدا نے ہر چیز سے نوازا ہے۔ اور پھر بھی راہباؤں کی سی زندگی گزار رہی ہو — بس اب کر ہی ڈالو شادی —"

لیکن جب اس نے سنجیدگی سے اس معاملہ پر اکیلے میں سوچا تو یہ سوچ کر سخت فکر مند ہوئی کہ آخر وہ اس دبی ہوئی بات کو اب کیسے اٹھائے۔ اتنی آزادی اور روشن خیالی اس گھر میں تھی نہیں کہ وہ ماں سے جا کہتی کہ میری شادی کر دیجئے۔ چھوٹی بہن سے کیسے کہتی؟ سہیلیوں سے کہتی تو نکّو نہ بن جاتی۔؟ اور اب اس پر اس تلخ حقیقت کا انکشاف ہوا کہ شمع پر ٹوٹ ٹوٹ کر گرنے والے پتنگوں کی طرح وہ سارے پیام تو اب مٹی ہی بن کر رہ گئے کیوں کہ اتنے سارے سالوں میں تقریباً سبھی لڑکوں کی شادیاں ہو گئی تھیں۔ اسی لمحے اسے اختر کا خیال آیا۔ اور اختر کے بارے میں سوچتے ہوئے اس کے دل کو سخت تکلیف اور اذیت محسوس ہو رہی تھی کہ وہ جو اتنی اونچی تھی کہ آسمان پر بیٹھ کر سب کو حقارت سے دیکھا کرتی تھی۔ اب ایسے ویسے لوگوں کے بارے میں بھی سوچنے لگی تھی۔ لیکن تلخ تر حقیقت یہ تھی کہ اختر بھی انگیج ہو چکا تھا۔ بھائی بہن کی خط و کتابت ہوتی رہتی تھی۔ پھوپھی اماں نے سرسری سے ایک اطلاع دے دی تھی کہ اختر کی بات بھی ایک جگہ پکی ہو گئی ہے لڑکی والے بیس ہزار نقد بھی دے رہے ہیں۔ خود اختر کا چونکہ یہ ارمان تھا کہ دلہن کو اپنی کوٹھی میں اتارے اس لئے یہ شادی رکی ہوئی ہے۔ حکومت سے قرض لے کر وہ شاندار گھر بنوا رہا ہے۔ اسی لئے شادی میں دیر ہے۔ ورنہ سب خیریت ہے۔ اور خدا کا فضل ہے کہ اس نے اتنا نوازا ہے کہ اب بیٹے میاں کے پاس کار بھی ہے۔

وقت کے تیز رفتار پرندے نے چند قلانچیں اور بھر لیں۔ شمی کے پاس کوئی ذریعہ ایسا نہ تھا کہ جس سے دل بہلا سکتی۔ ایم اے

نائنل تو وہ کر ہی چکی تھی ۔ ماں نے بہت دعائیں مچائی کہ ہمارے خاندان میں آج تک کسی لڑکی نے نوکری نہیں کی اور ہمیں ضرورت بھی کیا ہے مگر شمیمہ ایک کالج میں لیکچرر ہو گئی ۔ اب تک اس نے کس بے فکری سے زندگی گزاری تھی ۔ مگر وقت کے ایک ہی لمحے نے سالگرہ کے اس چمکیلے دن نے اس کو اجالوں سے اندھیروں میں گھسیٹ لیا تھا ۔ جب اپنا دل ہی اداس ہو تو رنگین سے رنگین واردات بھی پھیکی پھیکی نظر آتی ہے ۔ وہی تو گھر تھا وہی بھائی بہن وہی ہنگامے ۔ مگر شمیمہ سب سے کٹ کر رہ گئی تھی کاش گزرتے والے دن بھولے بسرے ہی سہی ایک آدھ بار ہی اس کے کانوں میں تنبیہہ کر جاتے کہ "شمیمہ بیگم، حسن جوانی، دولت تعلیم، عزت سب اپنی جگہ ٹھیک مگر یہ نہ بھولو کہ عورت کی زندگی کا ۔ عمر کا ایک خاص دور ہوتا ہے جس کے گزرنے کے بعد وہ سب کی نظر سے اتر جاتی ہے ۔" تو وہ شائد اس طرح لاپروائی سے وقت نہ گنواتی ۔ زندگی کی دوڑ میں سب آگے بڑھ گئے ایک وہی تنہا رہ گئی ۔ کیسی اندھیاری رین ہے معبود ۔ کیسا گھنا اندھیرا کہ حسن کی دمادم ۔ چمکتی کوندتی بجلیاں بھی اس میں روشنی کا ہلکا سا سایہ تک نہیں پیدا کر سکتیں !!

❖

اختر کو کھانے کی میز پر بیٹھے بیٹھے بے طرح ہنسی آ رہی تھی ۔ یہ ہنسی وہ ہنسی نہ تھی جو دل کے اندر سے پھوٹ پھوٹ کر نکلتی ہے ۔ یہ طنز میں لپٹی ہوئی تھی ۔ ممانی جان یہ جانتے ہوئے بھی کہ میں لیکا ہوا مال ہو چکا ہوں ۔ کس طرح میری خاطر مدارات کر رہی ہیں ۔

"میاں یہ مرغ تو چکھو — ارے انڈے تو تم نے لئے ہی نہیں۔ ارے بیٹا تین دن کا آنا بھی کوئی آنا ہوتا ہے۔ کہ خاطر کرنے کی حسرت ہی دل میں رہ گئی — یہ شاہی ٹکڑے تو تم بہت شوق سے کھایا کرتے تھے۔ اور یہ ماش کی گھی میں ڈوبی ہوئی دال تو تمہیں بہت پسند تھی نا۔"

اس کے دل سے دھواں سا اٹھا۔ پسند ناپسند کی بات چھوڑیئے ممانی جان اپنی زندگی میں انسان کیا کیا پسند نہیں کرتا۔ پھر کیا ہر چیز اسے مل ہی جاتی ہے اس گھر میں اور بھی تو کئی ساری چیزیں مجھے پسند تھیں تب تو آپ نے میرا ہاتھ، جھٹک دیا اور اب —؟ اس نے یہ سب دل ہی دل میں سوچا اور نبطا ہر کھانے میں منہمک رہا۔

تین دن کے ننھے منے عرصے کے لئے اختر شائد اس کا صبر آزمانے آیا تھا۔ یا پھر یہ دیکھنے کے لئے کہ لافانی حسن کی سوغات کی اہل وہ عورت اب دس سال گزرنے پر بھی وہی کشش رکھتی ہے یا وقت نے اپنے بے رحم ہاتھ یہاں بھی پہنچادیئے ہیں۔!!

اس نے تنگ آکر یہ طے کرلیا تھا کہ کنواری رہ کر وہ زندگی گذار لے گی۔ مگر یہ اس کا اپنا فیصلہ تھوڑی تھا جو خوشی خوشی کیا گیا ہو — یہ تو مجبوری کا فیصلہ تھا۔ کیا ایک سے دو ہونے کی تڑپ اس کے دل سے نکل گئی تھی — خوشیوں کے فیصلے تو چہرے پر خود اعتمادی پیدا کردیتے ہیں۔ یوں شرمساری کی کیفیت کہاں رہتی ہے۔ ورنہ اس کا چہرہ یوں بجھا بجھا رہتا۔ اور وہ جو کہ سدا سے سر اٹھا کر چلنے کی عادی تھی۔ وہ ؟ —

"ارے آپ نے ابھی تک شادی نہیں کی —" اختر بڑے کھٹور پن سے بولا

وہ کچھ نہ بول سکی۔ بڑی زخمی نگاہوں سے اختر کو دیکھ کر رہ گئی۔ وہ تو سوکھی مرجھائی شاخ ہو کر رہ گئی تھی۔ اور اختر۔ کس طرح اس کے چہرے سے بہار پھوٹ رہی تھی۔ جسم پہلے سے زیادہ بھر گیا تھا۔ رنگت بھی نکھر گئی تھی اور خود اعتمادی کا وہ عالم تھا جیسے ساری دنیا کو پاؤں تلے مسل کے رکھ دے گا۔

"آپ بھی تو کنوارے ہی ہیں۔" ایک بے تکا سا جملہ اس کے منہ سے نکل گیا۔"

"بس اب گھر بن گیا ہے۔ اب چند دنوں کی بات ہے۔ میرا بڑا شدید ارمان تھا کہ اپنی دلہن کو ذاتی خوبصورت چھوٹے سے گھر میں اتاروں، خدا سے ہمیشہ اچھے دنوں کی آس رکھنی چاہیئے۔ وہ ہر دعا سنتا ہے۔ بس اب یہاں سے جا کر شادی ہی تو کرنی ہے۔ باقی سب مرحلے طے ہو چکے ہیں۔"

وہ کس قدر کٹھور ہو گیا تھا۔ کیا وہ بھول گیا کہ وہ کس طرح وہ اس پر مرتا تھا اور آج۔ وہ اس کا جی جلانے آیا ہی کیوں تھا۔ وہ جیسے کلپ کر بولی۔

" آپ یہاں آئے کس سلسلے میں ہیں۔" اختر نے اسے بڑی حیرت سے دیکھا۔ "مجھے جلانے۔" اس نے جملہ بڑی مشکل سے پورا کیا۔

تمہیں جلانے۔ میں تمہیں کیوں جلاؤں گا بھلا۔ میں تو یوں ہی ماموں جان سے ملنے چلا آیا تھا۔ سوچا بہت دن ہو گئے۔ مگر تم ناراض ہو رہی ہو تو چلا جاؤں گا۔" وہ ایسی سعادت مندی سے اٹھا جیسے بس اب چل ہی دے گا۔ شمی روہانسی ہو گئی۔ اس کی آنکھیں بے بسی کے مارے

چھلک اٹھیں۔

"میں نے کب کہا کہ آپ چلے جائیں۔ آپ تو جتنے دن رہیں گے رونق رہے گی۔" اس کا ٹوٹا دل اپنی ناکام آرزوؤں کا بڑی دیر بعد اظہار کر رہا تھا۔ اس وقت جبکہ سب کچھ ختم ہو چکا تھا۔

"اچھا۔" وہ بے حد ظالم ہو رہا تھا۔ "میں اس قدر اہم ہستی ہوں کہ میرے وجود سے رونق ہونے لگے۔"

شمیمہ کچھ نہ بولی۔ اک دم اختر نے کچھ یاد کیا

"ارے اب تم مہندی نہیں رچایا کرتیں۔"!

"دل خوش ہو تو ساری چہل سوجھتی ہے۔ میں مہندی رچا کر کیا کروں؟" وہ تنک گئی۔

"ارے تمہارے دل کو کیا ہو گیا۔"

وہ چیخی۔ "آپ میرا صبر آزما رہے ہیں۔ میں جانتی ہوں آپ مجھ سے گزشتہ دنوں کا بدلہ لینے آئے ہیں۔ ورنہ۔ ورنہ آپ۔ مجھے جان جان کر یوں نہ رلاتے۔" وہ پیچ پیچ رو دی۔

وہ اس کے بہت قریب آ گیا۔ "میں بدلہ لینے نہیں آیا ہوں شمی۔ میں تو تمہیں لینے آیا ہوں۔" وہ بھرپور سچائی سے بولا۔

غیر یقینی انداز میں۔ یوں جیسے پاگل ہوتے ہو تے بچی ہو۔ وہ تڑپ کر بولی۔ "مگر آپ کی تو شادی ہو رہی ہے۔ لڑکی والے ہزار نقد بھی دے رہے ہیں!"

وہ ہنسا۔ "یہ سب جان جان کر تمہیں چڑلینے کی خاطر امی سے لکھوایا

تھا۔ جانتی ہو کیوں؟ مجھے معلوم تھا کہ ایک ایک کر کے تمہارے سارے چاہنے والے اڑنچھو ہو گئے۔ اور زندگی کے اندھیروں میں تم تنہا بھٹک رہی ہو۔ میں چاہتا تھا تم مردکی۔ میری محبت محسوس کر سکو۔ ترسو۔ تاکہ یوں تم میں عورت پن کا، خودسپردگی کا جذبہ شدت سے بیدار ہو جائے۔ اور تم محسوس کر سکو کہ صرف حسن کے سہارے زندگی کی لمبی راہیں نہیں بتائی جا سکتیں۔ میں تمہارے سوا اور کس در پر جا سکتا تھا۔ شمی یہ تو سوچا ہوتا کبھی۔"!

مستقبل کے حسین رنگ اس کے پیارے چہرے پر قوس قزح بن کر جھلملائے مگر دوسرے ہی لمحہ اس کے چہرے پر زردی کھنڈ گئی۔ وہ سہم کر اعتراف کرنے لگی۔

"مگر۔ مگر تم بھول رہے ہو کہ اب میں تمہارے لائق نہیں رہی۔ ۔ لوگ کہتے ہیں عورت بیسی اور گھیسی۔ اور میں تو اب تیس کے لگ بھگ ہوں۔ مجھ میں کیا دھرا ہے۔" اس نے بے بسی سے اپنی ہتھیلیاں ملیں۔" ادھر دیکھو میرے جسم کا سارا خون سوکھ چکا ہے۔"

وہ خوداعتمادی سے مسکرایا۔ "شمی کیا تم مجھے نادان سمجھتی ہو؟ کیا میں نے یہ سب نہیں سوچا ہو گا تم تو اب عمر کے اس دور میں ہو جب کہ عورت کا عورت پن تکمیل کی حدوں کو چھوتا ہے۔ اور مجھے ایسی ہی دلہن کی ضرورت ہے۔ شمی خود کو میرا اور مجھے اپنا سمجھو" وہ پیار سے ہنسا۔ اور ہتھیلیوں کی اس زردی پر اتنی غمزدہ کیوں ہو میری جان۔ میرا پیار تمہاری زندگی میں وہ رنگ بھر دے گا جس کے سامنے مہندی کی سرخی بھی مات ہو گی" اور اس نے گہرے پیار اور اعتماد کے ساتھ اس کے کمزور اور زرد ہاتھوں کو اپنے ہاتھوں میں تھام لیا۔!!

آئینہ

صوفیہ — صوفیہ — صوفیہ

سارے میں صوفیہ ہی صوفیہ باجتی تھی۔ وہ تھی ہی ایسی پری۔ تھی تو انسان مگر خدا نے اسے ایسے بے پناہ اور انوکھے حسن سے نواز دیا تھا کہ اس پر کسی غیر انسانی مخلوق کا گمان گزرتا تھا — جب وہ سولہ سال کی ہوئی تو قیامتیں ٹوٹ پڑیں — ویسے تو کہنے والے یہ کہتے ہیں کہ ہر لڑکی سولہ سال کی عمر میں قیامت کو دعوت دیتی معلوم ہوتی ہے۔ مگر صوفیہ کی بات ہی اور تھی — اور سب سے خطرناک بات یہ کہ صوفیہ قطعاً لاعلم تھی کہ آخر وہ ہے کیا شے — اس پر اپنی بے پناہ خوبصورتی کا راز تو اس

وقت کھلا جب وہ ایک دن اپنی سہیلی کے ساتھ اسکول سے واپس رہی تھی کرزن سے ایک خوبصورت کار بازو سے گزرکے بادل اڑاتی نکل گئی۔ کار میں ایک بدصورت سی عورت بیٹھی ہوئی تھی۔

اس کی سہیلی زور سے ہنسی۔

"صوفیہ تم نے یہ کار دیکھی۔"

"ہاں دیکھی تب؟"

"اور اس میں بیٹھی ہوئی جو خاتون تھیں انھیں دیکھا۔"

"ہاں دیکھا تب؟"

"بھلا وہ اس کار میں سجنے لائق تھیں۔ خدا کی قسم کار سجنے لائق تو بس تم ہو۔ ایسی دندناتی سواری میں بیٹھی تم کسی ملکہ سے کم کیا لگوگی۔ میرا بس چلے تو کاروں میں کسی بدصورت عورت کو نہ بیٹھنے دوں۔ یہ سواری تو بڑی خوبصورت شے ہے اور اس میں بس حسینوں کو ہی بیٹھنا چاہیئے۔ جیسی کہ تم ہو۔"

صوفیہ نے بڑے اچنبے سے ساری بات سنی۔ اس کا دماغ جیسے سنسنا اٹھا۔

"بھلا یہ کار ملتی کتنے کی ہوگی۔؟"

سہیلی بڑی حقارت سے ہنسی۔

ابا ایک موٹر گیرج میں کام کرتے ہیں۔ انھیں سب بھاؤ تاؤ، معلوم رہتا ہے۔ نئی گاڑی ہو تو تیس چالیس ہزار میں آتی ہے۔ ذرا پرانی ہو تو بیس پندرہ میں۔ اور ذرا گھسی گھسائی ہو تو دس ہزار تک

مل جاتی ہے۔" وہ ہنسی ۔" یہ گاڑیوں کا سارا معاملہ عورتوں کا سا ہے نا ۔"

"باپ رے ۔ دس ہزار !۔" صوفیہ آنکھیں پھاڑ کر بولی ۔ پھر جیسے خواب میں بڑبڑائی ۔" ہیں کیسے لے پاؤں گی پاپا جی کی تنخواہ تو کل ڈیڑھ ہی سو روپے ہے ۔"

سہیلی ہنسی اور ہنس کر چپ رہ گئی اور یوں یہ موضوع ختم ہو گیا مگر گھر پہنچ کر جب صوفیہ نے آئینہ دیکھا تو دم بخود رہ گئی ۔ باپ رے کیا سچ مچ وہ اتنی حسین تھی ۔ پھر اس کی نظروں میں وہ کار گھوم گئی جو زن سے اس کے بازو سے نکل گئی تھی ۔ سلور گرے کلر کی وہ شاندار کار ۔۔۔ سچ مچ صوفیہ تھی بھی اسی لائق کہ ایسی بجلی کار میں بیٹھ کر سیریں کیا کرے

بڑا غضب تو اس وقت ہوا جب صوفیہ بیاہ کر سسرال آئی ۔ شادی کی وہ پہلی رات ۔ جب ارمان بھرے دولہا دل و جان ۔ ایمان تن من دھن، سب کچھ نثار کرنے ۔ سب کچھ کر گزرنے کا وعدہ کرتے ہیں ۔ مگر کمبخت کرتے کراتے کچھ بھی نہیں ۔ بس دل میں پھانس چبھو ڑ دیتے ہیں کہ ۔" تم ۔ تم' جو آسمان کا چاند ہو ۔ میرے لائق کہاں تھیں لیکن میرے نصیب دیکھو کہ خدا نے یہ چاند میری جھولی میں ڈال دیا ۔ تم تو ایسی ہو کہ کسی کار والے سے بیاہی جاتیں ۔ دو سو روپے پانے والے سے تم کیا خوشیاں سمیٹ سکو گی ۔!"

صوفیہ کا شوہر بڑی چاہت اور لگن سے کہتا گیا اور صوفیہ کان بنی سنتی رہی ۔ پھر اس نے بیحد محبت سے اس کا چہرہ اپنی ہتھیلیوں

میں تھام لیا۔

تم اس قدر خوبصورت ہو جان۔ کہ کہ۔" اس کا حلق گھٹنے لگا آگے وہ کچھ نہ کہہ سکا۔ صوفیہ نے اپنے مہندی بھرے پاؤں سکوڑے۔

" یہ پاؤں ۔" وہ گیلی گیلی آواز میں بولا۔ خدا کی قسم یہ پاؤں زمین پر دھرنے کے لئے نہیں۔ اتنے خوبصورت پاؤں والی کو تو بیٹھنے کے لئے کار ہونی چاہیئے۔"

صوفیہ کا دم گھٹنے لگا۔ کار، کار کار۔ اس کا رواں رواں کار کار پکارنے لگا۔

صوفیہ کا شوہر کسی انگریز کرنل کے یہاں شوفر تھا۔ تنخواہ اور آنے جانے والوں کی ٹپ مل ملا کر دو سو پڑ جاتے۔ دل کا بڑا نرم تھا انگریز۔ اسی نرمی اور مروّت مروّت میں اس کا دل اپنی ہندستانی باورچن پر آگیا جو بعد میں اس کی میم بنی۔ صوفیہ کے شوہر نے ایک دن بڑے پیار سے کہا۔

" صوفیہ، جان۔ اتنی لمبی خوبصورت کار میں وہ بدصورت باورچن ذرا تو نہیں سجتی۔ اس گاڑی میں تو بس تم ہوتیں۔"

اور ایک دن خالی وقت میں وہ کار لے کر گھر پر آگیا۔ صوفیہ کو اس میں ڈالا اور اتنا گھمایا کہ صوفیہ کو چکر آگیا۔ مگر اس کا جی کہے جاتا تھا ابھی اور۔ ابھی اور۔ ابھی اور۔ . . .

" یہ کار ہو گی کتنے کی۔" اس نے بڑی تھکی ہوئی آواز میں یوں جیسے عُمر کی آخری منزل پر کھڑی ہو پوچھا۔

" صاحب نے تو چالیس کی لی تھی۔ مگر اب ۳ سال استعمال کر

چکے ہیں۔ وہ ابھی پرسوں اپنے دوست سے کہہ رہے تھے کہ اگر کوئی گاہک مل جائے تو میں دس ہزار تک دے دوں گا۔ اور مزید روپیہ ڈال کر نئی لے لوں گا۔"

دس ہزار — دس ہزار۔

کار اس قدر شاندار حالت میں تھی کہ دس ہزار میں قطعاً مہنگی نہ تھی صوفیہ نے بڑے اطمینان سے کہا۔

"دس ہزار تو ایسے زیادہ نہیں۔"

"تم لوگی۔" شوہر بڑے پیار سے ہنسا۔

اصل میں چالیس ہزار کے مقابلے میں دس ہزار صوفیہ کو بہت کم لگے لیکن جب اس کے شوہر نے پوچھا کہ "تم لوگی۔" تو اس کا دماغ ٹھکانے آگیا۔ ہوش میں آکر بولی۔

"میں —؟ بڑی دیر تک چپ رہنے کے بعد وہ بولی۔ "ہاں میں لوں گی۔ کیوں نہیں لے سکتی۔؟ انسان ہی تو کار میں بیٹھتے ہیں میں بھی تو انسان ہی ہوں۔"

وہ بڑی خوش دلی سے ہنسا۔

"میری جان کے ارادے تو بہت بڑے بڑے ہیں۔" اور کار شہر کی لابنی، چکنی اور چوڑی چوڑی سڑکوں کے چکر کاٹتی رہی۔

❖

صوفیہ میں یکا یک ایسا جیج آگیا کہ پائی پائی کو دانتوں سے پکڑنے لگی، کپڑے بنانے تو اس نے چھوڑ دیئے۔ سنگھار کا سامان اس کا شوہر

لاتا تو کہتی یہ سارا فضول خرچ کس لئے ۔ پیسے رہیں گے تو کام آئیں گے کھانے کا معیار بھی گر گیا ۔ پہلے جہاں روزانہ ناشتے میں انڈے اور شام میں گوشت سبزیاں پکتی تھیں ۔ دال پہ آکر بات ٹھہر گئی ۔ آنے جانے والوں کو اس نے چائے تک پلانی چھوڑ دی ۔ شوہر باہر سے آتا تو آتے ہی اس کی جیبیں ٹٹولنے لگتی۔

آج تمہارے صاحب کے کسی دوست کو اس کے گھر لے جاکر نہیں چھوڑا تم نے ۔؟ پھر اس نے ٹپ نہیں دی ہوگی ؟"۔

وہ پریشان ہو کر رہ جاتا ۔ پہلی تاریخ کا ایسی بے تابی سے انتظار کرتی کہ کنواری، اپنے بالم کا بھی کیا کرتی ہوگی ۔ اور جب پہلی تاریخ کو اس کا شوہر جیبیں بھرے آتا ۔ تو اس بری طرح لپکتی اور جیبیں خالی کرتی کر وہ حیران رہ جاتا اس کی بوڑھی ساس گاؤں میں اپنے دوسرے بیٹوں کے پاس تھی ۔ کھیتی باڑی سے گزر ہوتی تھی اور خاصی گزر ہوتی تھی ۔ مگر صوفیہ کا شوہر اپنا فرض جان کر ماں کو پابندی سے تیس روپے بھجوا دیا کرتا تھا صوفیہ نے وہ بھی بند کر دیئے ۔

ور کیا یا لینے کیلئے ہمیں رہ گئے ہیں کسی کو کیا پتہ کتنی مصیبتوں سے بیں گھر کا خرچ پورا کرتی ہوں ۔"

اس کا شوہر حیران رہ گیا، آخر اتنا پیسہ وہ کیا کرلیتی ہے ۔ مگر اس نے پوچھا تک نہیں ۔ عام شوہروں کی طرح وہ دل میں شکوک پالنے کا عادی نہ تھا اور بہت صابر قسم کا آدمی تھا ۔ گوشت ملے یا کھانے ں دال ملے ۔ وہ اسی رغبت سے کھا لیتا ۔ چائے ملے یا دودھ

وہ بچوں کی طرح غٹ غٹ پی جاتا۔ لباس کا تو کوئی پرابلم ہی نہ تھا۔ صاحب کی طرف سے وردی ملی ہوئی تھی۔ وہ اکثر دیکھتا کہ جب وہ اپنی ڈیوٹی دے کر آتا ہے تو صوفیہ کمرے میں گھسی کچھ کر رہی ہے۔ جیسے ہی وہ آتا وہ کھٹ سے صندوق کا ڈھکنا گرا کر باہر نکل آتی۔ اس دن سیر کرتے ہیں صوفیہ میں اور اس میں بات چیت ہوئی تھی اُس کو اس نے رتی برابر بھی اہمیت نہ دی تھی۔ اور اس کے دماغ کے کسی گوشے میں اس بات کی یاد تک نہ تھی کہ صوفیہ نے موٹر لینے کو کہا تھا۔ وہ تو تبھی بھول گیا تھا جیسے کہ عام شوہر بیویوں کی کہی ہوئی باتیں اکثر بھول جایا کرتے ہیں۔ مگر صوفیہ نے تو جیسے اپنی زندگی کا پہلا اور آخری مقصد ہی یہ بنالیا تھا کہ کار خریدے۔ دن بھر میں وہ ہزار مرتبہ اپنے جوڑے ہوئے پیسوں کو گنتی اور اس کا دل خوشی سے بھر جاتا۔ قطرہ قطرہ کرکے ہی تو سمندر بنتا ہے۔ دس ہزار جمع ہوتے تو ایسے کتنے دن گزر جائیں گے۔ لمبی کار کی کیا ضرورت ہے۔ وہ دس ہزار میں چھوٹی سی نئی کار ہی کیوں نہ لے لیگی۔ مگر جانے دس ہزار میں نئی کار آتی بھی ہے یا نہیں ابھی اتنی عام چیز تھوڑی ہوئی ہے کہ ہر کس و ناکس لے سکے۔ مانگ زیادہ ہے مال کم ہے۔ باہر سے مال آتے ہی کھٹا کھٹ بک جاتا ہے۔ مگر اسے کیا پروا۔ ایسی کون اسے ہزار دو ہزار کاریں خریدنی ہیں اُسے تو بس ایک کار چاہیئے۔

صوفیہ اسی دھن میں مری جارہی تھی کہ کس صورت آمدنی میں اضافہ کیا جائے۔ ایک دن بیٹھے بٹھائے اُسے خیال آیا کہ کپڑے سی کر آمدنی بڑھ سکتی ہے۔ مگر مشین تو تھی نہیں۔ صوفیہ کے ماں باپ متوسط طبقے

کے لوگ تھے جو بیٹیوں کو جہیز میں بس ضرورت کے لائق چند جوڑے اور چند برتن بھانڈے دیکر وداع کر دیتے ہیں۔ ریڈیو مشین الابلا تو امیروں کے چونچلے ہیں مگر جب اس نے سوچا کہ مشین خریدنے کیلئے بھی تو ایک معقول رقم کی ضرورت ہے۔ تو سخت اداس ہوئی۔ بڑے دنوں کے سوچ بچار کے بعد بالآخر اس نے یہ فیصلہ کر لیا کہ مشین خرید ہی لے۔ ویسے تو ایک ہی بار دل دکھے گا کہ اتنی بڑی رقم ہاتھ سے نکل گئی۔ مگر روزانہ جو آمدنی آئے گی اس سے کتنا خون نہ بڑھے گا۔ ؟

مشین آگئی اور گھر پر کھڑ کھڑ سلائی ہونے لگی، دن بھر صوفیہ مشین پہ محلے ٹولے پاس پڑوس والیوں کے کپڑے سیتی رہتی۔ چند دن یوں ہی گزرے کہ اچانک صوفیہ نے محسوس کیا کہ اب اس سے پہلی سی تندہی سے کام نہیں ہوتا۔ سیتے سیتے وہ بری طرح تھک جاتی، چکر آنے لگتے۔ لیٹنے کو جی چاہتا۔ اور کھٹی میٹھی چیزوں پر دل اُمڈ آتا۔ ایک دن وہ یوں ہی سیتی بیٹھی تھی کہ اس کی ایک سہیلی آ گئی ۔ وہ کئی بچوں کی ماں تھی۔ اور پھر ماں بننے جا رہی تھی۔ وہ اپنے بچوں کے کپڑے سلوانے کے سلسلے میں صوفیہ کے پاس آئی تھی۔ کپڑوں کا بنڈل صوفیہ کے سامنے پٹک کر وہ بڑی تھکی ہوئی آواز میں بولی۔

"بچے، بچے ۔ بچے ۔ دم نکل گیا۔"

صوفیہ نے ذرا سا مسکرا کر سر اٹھایا ۔ "کیوں بھلا ؟"

وہ پھٹ پڑی ۔ "کمانے والا ایک ۔ کھانے والے درجن بھر۔ آج کل کے زمانے میں کچھ نہیں نبتا ۔ ہر چیز مہنگی ۔ پیسے والوں کی ہر وقت

میں چاندی - اپنی غریب آدمی - ہار - ہار گئی تو میں تو -

صوفیہ نے ذرا حیرت سے پوچھا۔

"ایسا کیا بچوں میں خرچ ہوتا ہوگا۔ اتنے اتنے سے جی کیا کھا لیتے ہوں گے بھلا - "

" یہ تو پیدا کر دتب جانو۔ تجربے سے پتہ چلے گا۔ ایک بچے کو بڑے سے زیادہ کھانا پینا لگتا ہے۔" وہ ہنسی - " ایسی زیادہ دنوں کی بات نہیں چار چھ مہینے میں تمہیں خود پتہ لگ جائے گا کہ بچے کی پیدائش کیا معنی رکھتی ہے۔"

اک دم صوفیہ چکرا گئی - ارے - ! تو یہ بات تھی کہ اس کی طبیعت گری گری تھی۔ وہ اب تک بالکل معصوم تھی۔ ایسی ویسی باتیں اسے معلوم ہی نہ تھیں - ساس پاس تھیں نہ نندکہ - اونچ نیچ سمجھاتیں - ماں باپ کے ہاں تو اس نے جانا ہی چھوڑ دیا تھا۔ ریل کے کرایے میں جتنے پیسے لگتے اتنے وہ اپنے خزانے میں جمع کیوں نہ کرے - ؟ اب سہیلی نے نئی سنائی وہ تو چلی گئی - مگر صوفیہ کے دل میں پھانس اٹک گئی - شام گئے اس کا شوہر آیا تو صوفیہ کو دنیا جہان کی حسیناؤں سے حسین تر پایا۔ حسن سوگوار تھا اور اس قدر دل موہ رہا تھا کہ بس ! اس کے شوہر نے اسے باہوں میں بھر لیا۔

"میری جان تم کس قدر حسین ہو - خدا کی قسم مجھے جنت نہیں چاہیئے تم کون حوروں سے کم ہو۔"

صوفیہ مغرور ہو گئی - اس کا غرور یہ سوچ کر دونا ہو گیا کہ اس ایسی حسینہ کو واقعی کاروں میں گھومنا ہی چاہیئے - اس نے کسی بہانے سے جا کر آئینہ دیکھا - دنیا میں آئینے سے بڑھ کر کون سچا ہے۔ وہ بڑی سچائی

سے اعتراف کر رہا تھا۔ واقعی صوفیہ تم اتنی حسین ہو کہ محض تخیل کی پیداوار لگتی ہو۔"
سوتے سمے اس نے بہت گھما پھرا کر پوچھا۔
"کیوں بھلا بچہ ہو تو خرچ بڑھ جاتا ہے ؟"
"لوگ کہتے ہیں عورت پالنا ہاتھی پالنا ہے، اتنے خرچ ہوتے ہیں اس کے۔ مگر بچہ پالنا تو ہاتھی کا باپ پالنا ہے۔" وہ ہنسا۔ "کیوں؟ مجھے بچہ دوگی ایک ؟"
دونوں ہنسنے لگے۔ اس کے شوہر نے ہنستے ہنستے اسے لپٹا لیا۔
" ارے پہلے بچہ ہو تو جائے۔ کمانے کے لئے ہم جو موجود ہیں۔ ابھی سے کاہے کی فکر۔"
صوفیہ کے دل کو سہیلی کی بات لگ گئی۔ اسے اپنی پھوپھی کا خیال آ گیا۔ چیں چیں کرتے ہوئے کئی بچے ان کے آس پاس گھومتے، روتے بلکتے، ہمیشہ آمدنی کی کمی اور خرچ کی زیادتی کا رونا روئے جاتیں۔ اسے اس خیال سے سخت وحشت ہونے لگی کہ ایک کے بعد ایک کر کے اسے بھی دس گیارہ بچے ہو گئے تو ؟ پھر بجائے اس کے کچھ جمع جتھا ہو، الٹی یہ رقم بھی ختم ہو جائے گی جو اس نے اتنی مصیبتوں سے جمع کی ہے۔ اس نے ایک انتہائی ہولناک بات سوچی۔ کیوں نہ وہ اپنا آپریشن کروالے کہ پھر کبھی بچہ پیدا ہونے کی آس ہی نہ رہے۔ ؟ مگر یہ کام وہ اکیلے کیسے کر سکتی تھی۔ ہاسپٹل جانا۔ اڈمٹ ہونا، پھر آپریشن سے پہلے فارم پر شوہر کی دستخط یہ مرحلہ تو سب سے کڑا تھا۔ اس نے خود کو بے حد مجبور پا کر یہ فیصلہ کیا کہ آگے کی آگے سوچی جائے گی۔ فی الحال تو وہ یہ حمل ضائع کروا دے گی

نہ بچہ ہوگا نہ خرچہ بڑھے گا ۔ دو چار دن اس نے اسی کوشش میں تباشے کبھی بڑے بڑے بوجھ اُٹھا لیتی ۔ کبھی گرم ٹھنڈی چیزیں کھالیتی ۔ تین ماہ کا ننھا سا وجود معنی ہی کیا رکھتا ہے ۔ ایک دن اس نے مسلسل تین چار کپ گرم گرم چائے پی لی ۔ اور نتیجہ کامیابی کی شکل میں جلد ہی برآمد ہو گیا ۔ اس کا شوہر گھر لوٹا تو اسے یوں تباہ حال دیکھ کر بے پناہ گھبرا گیا ۔ دوڑ کر صاحب سے گاڑی مانگ کر لایا کہ ہاسپٹل لے جائے ۔ صوفیہ نے سہم کر پوچھا

"کون سے ہاسپٹل ؟ خیراتی نا ؟"

" نہیں میں مسز آپیٹے کے ہاسپٹل سے جا رہا ہوں ۔ خیراتی ہاسپٹل میں کوئی خبر گیری نہیں ہوتی ۔

وہ چلائی ۔

"نہیں ۔ نہیں ۔ تم تو بس یوں ہی روپیہ پھینکتے رہنے کو میں بالکل اچھی ہوں ۔ ایک دو دن میں لوٹ پوٹ کر اچھی ہو جاؤں گی ۔ دیکھو خدا کے لئے ۔ میری بات مانو ۔ سنو تو ۔"

اس نے اتنی دہائیاں دیں کہ وہ لاچار ہو گیا ۔ وہ اُسے اس طرح چاہتا تھا کہ اس کی کوئی بات ٹال ہی نہ سکتا تھا ۔

ہاسپٹل میں اس کا کیوریٹ ہوا ۔ اتنا خون بہا کہ وہ پیلی پڑ گئی ۔ ڈاکٹر نے اسے اینمک قرار دیا ۔ اور کہا کہ وہ بے حساب پھل ، دودھ ، انڈے اور طاقتور غذائیں کھائے ۔ ورنہ صحت جواب دے جائے گی ۔

وہ دل ہی دل میں ہنسی ۔ ہونہہ ، ایسی فضولیات پر پیسہ اٹھائے ؟ اتنے پیسے جمع ہو جائیں تو ۔۔ ؟!

اس کے شوہر کو ابارشن ہو جانے کا بیحد غم ہوا۔ وہ ایک بچے کے لئے ترس رہا تھا اور جب خدا نے یہ آرزو پوری ہونے کا دن کیا تو قسمت نے دھوکہ دے دیا۔ وہ اس آس پر زندہ رہنے لگا کہ خدا دوسرا دے دیگا۔ مگر اس کے بعد تو اس کی آس پوری ہوئی ہی نہیں۔ جانے اندرونی طور پر صوفیہ میں کیا کمزوری پیدا ہوگئی کہ سال پر سال گزرتے گئے مگر آنگن سونا کا سونا ہی رہا۔

صوفیہ دن بدن کمزور ہوتی جارہی تھی نہ اچھا پہنتی نہ اچھا کھاتی اس کا شوہر جو کچھ بھی کماتا تھا اتنا تو ضرور تھا کہ دو میاں بیوی مزے سے کھا پی سکیں۔ مگر گھر پر ایسی غربت اور نحوست چھائی رہتی کہ بس! اور جب وہ اپنے کام سے لوٹتا تو دیکھتا کہ صوفیہ مشین پر جھکی ہوئی ہے۔ رات ہو جاتی تو وہ ایک مدھم چراغ جلا لیتی۔ مستقل سلائی کرنے سے اس کی بینائی کمزور ہونے لگی۔ اور نیچے دیکھتے دیکھتے نزلے نے اپنی جڑیں گہری کرلیں۔ پہلے تو اکے دکے بال سفید ہونے لگے پھر تو پورا سر چمکنے لگا۔ مگر اپنے آپ سے بے خبر صوفیہ پیسہ جمع کرنے کی دھن میں لگی رہی۔

سولہ سال یوں ہی بیت گئے۔

ان سولہ سالوں میں ایک بھی دن ایسا نہ گزرا تھا کہ صوفیہ نے دن میں کئی کئی بار اپنی رقم کو نہ گنا ہو۔ اور جب کبھی وہ رقم گنتی اس کا چہرہ خوشی سے دمک اٹھتا۔ وہ سوچتی اب صرف چند دنوں کی محنت اور مصیبت باقی ہے۔ پھر تو میں کار میں بیٹھ سکوں گی۔ اسے ہنسی آجاتی

"واقعی کرنل صاحب کی بدصورت باورچن میم صاحب اس لائق نہیں تھی کہ وہ کار میں گھومتی --- اب لوگ دیکھیں گے کہ کار میں کیسی صورتیں سجتی ہیں - اسے اپنے حسن پر کبھی ناز نہ رہا تھا۔ مگر اب کار کے بارے میں سوچ آتا تو اپنے حسن کا بے پناہ احساس اسے مارے ڈالتا سیتے سیتے وہ صرف یہ سوچتی رہتی کہ وہ پہلے پہل کس طرح کار میں بیٹھے گی - کون سی ساڑی پہنے گی - کیسا سنگھار کرے گی . اس کا دل خوشی اور فخر کے مارے اپنی جگہ چھوڑنے لگتا - اس دن صوفیہ نے کمرے میں جا کر پوری رقم گنی، کئی نوٹ، کئی روپے چلر، کاغذ کے نوٹ، تانبے کے سکے - یہ وہ ڈھیر تھا - جو اس کی ساری محنتوں کا حاصل تھا ——— اس نے آخری نوٹ اٹھایا - دس ہزار سے بھی چند روپے اوپر ہی ہو گئے تھے - بات یہ تھی کہ کئی جگہوں سے سلائی کا بقایا آج یکمشت مل گیا تھا اور رقم پوری پوری ہو گئی تھی.

روپے گن گن کر اس نے پھر گنے - پھر اور - نوٹوں کو چلروں کو کاغذوں کو، سکوں کو، کئی بار اس نے اٹھایا، چوما. دیکھا، اٹھایا چوما - وہ خوشی سے ناچتی ناچتی بالکل بچوں کے سے انداز میں آئینے کے سامنے جا کھڑی ہوئی - وہ خود کو سُنا دینا چاہتی تھی کہ وہ بھی اب کار میں گھومے گی آئینے سے بڑھ کر کون سچا ہوا ہے. صوفیہ نے دیکھا، آئینے کے سامنے ایک بڑھیا کھڑی تھی - سفید، کالے کھچڑی بال - آنکھوں کے گرد سیاہ حلقے چہرے پر جھریاں - ملگجا پیلا رنگ، سوکھے سوکھے ہاتھ پاؤں -

صوفیہ کہاں چلی گئی !

اس بڑھیا کے حلق سے چیخ نکلی - "صوفیہ کہاں چلی گئی !" پھر

اس نے قہقہہ لگا کر جواب دیا — "کار میں بیٹھ کر سیر کرنے کو گئی ہے نا۔؟"
قہقہے اونچے — اونچے اور اونچے ہوتے گئے۔ آخر وہ چکرا کر فرش پر گر پڑی۔

اس کا شوہر جب گھر آیا اور صوفیہ کو یوں بے ہوش پایا تو فوراً ڈاکٹر کو بلا لایا۔ کئی گھنٹے معائنے کے بعد ڈاکٹر نے اس کے شوہر کو سنایا۔
"کسی گہرے صدمے نے آپ کی مسز کو پاگل کر دیا ہے۔"

سورج

"بارات آرہی ہے ۔ اری جلدی جلدی تیار ہو جاؤ ۔"

بارات آرہی ہے، سنتے ہی یہاں سے لے کر وہاں تک سارے میں کھلبلی مچ گئی۔ دالان مہمانوں سے اٹا پٹ بھرا ہوا تھا۔ گھر والیاں ہی کیا کم تھیں کہ رہی سہی خالی کھدری جگہیں، ان بے حساب بچوں والیوں نے بھر کر رکھ دی تھیں ۔ وہ ہلڑ اور بھیڑ ہو رہی تھی کہ گھر پر مچھلی بازار کا گمان ہو رہا تھا۔ شادی کی خوشی میں جن لڑکیوں بالیوں نے صبح ہی سے اپنے عقد خوانی والے کپڑے پہن ڈالے تھے۔ اب السائی ہوئی صورتیں لئے اپنی اپنی اماؤں کے پلو کھینچتی پھر رہی تھیں کہ چوتھی والا جوڑا اب پہننے دیں ۔ عقد کا بعد میں دیکھا جائے گا ۔

۔ اماؤں کو شوہروں اور ننھے بچوں کے کام کاج سے ہی فرصت کہاں تھی جو وہ بچشم بخشی میں پڑتیں، چابیوں کے جھمیلے پھینک کر وہ نچنت ہوگئیں اب بھلے سے لڑکیاں جو بھی کریں ۔۔ اس موقع سے فائدہ اٹھا کر لڑکیاں سنگار پٹار سے آراستہ ہو کر چھپا چھپ کپڑے پہن پہن کر دلہن والے کمرے میں جمع ہو رہی تھیں ۔ گوٹے، ٹکھتی، الماس، ستارے جڑے ہوئے دوپٹے، کامدانی کڑھے ہوئے کرتے، چمکیاں جھل جھلیاں، ٹنکی جگمگاتی ساڑیاں ۔ یہاں سے وہاں تک آجا کے بکھیر رہی تھیں ۔ بڑی بڑی عمر کی معتبر خواتین جہیز کے جوڑوں کے ٹلنکے لگا رہی تھیں ۔۔ زیورات کے ڈبوں کی نئے سرے سے دیکھ ریکھ کر رہی تھیں ۔ ذرا کم حیثیت کی بیبیاں پان سپاری کی دکان سامنے کھولے بیڑے بناتی بیٹھی تھیں ۔۔ ممانی پھوپھی ٹائپ کی بیگمات، باورچیوں کے سروں پہ سوار تھیں ۔ باہر سے لاؤڈ اسپیکر پر مسلسل شہنائی کا ایک غمگین سُر ابھرے جا رہا تھا ۔ ایسے میں پرچھتی پر سے خالہ بی کی دہائی سُنی کہ "بارات" آ رہی ہے ۔۔ اس نے نئے سرے سے زندگی کو ہنگامہ خیز بنا دیا ۔ سب تو اپنی اپنی تیاریوں میں مشغول تھے ۔ مگر ہائے کوئی صابرہ کے دل سے بھی پوچھتا کہ اس پہ کیا گزر رہی ہے ۔ نکاح کا سرخ سرخ انگارے برساتا جوڑا صبح ہی سے سسرال سے آ چکا تھا جو اس کے پاس ہی چھپر کھٹ پر دھرا تھا ۔ وہ لرزتے کانپتے دل سے آنکھیں چرا چرا کر اس جوڑے کو دیکھتی اور اس کا رواں رواں تھرا اٹھتا ۔

" اللہ ۔ یہ خوبصورت جوڑا ایک ساتھ کتنی ہی ذمہ داریاں میرے سر لانے والا ہے ۔ "

اس کی چہیتی سہیلی اور خالہ زاد بہن شمی اس کے ہاتھوں پیروں کی مہندی چھڑا رہی تھی اور ساتھ ہی ساتھ موقعے اور عمر کے تقاضوں سے مجبور ہو کر چھیڑ چھاڑ بھی کرتی جاتی تھی۔

"اب مہندی رچے ہاتھوں سے پہلے تو دولہا بھائی کو آپ سلام کریں گی ۔ پھر آگے کا پتہ نہیں ۔" اور وہ کھن کھناتی ہنسی ہنسنے لگی ۔ اک دم وہ چونکی ۔ اس کی ہاتھ کے پشت پہ یہ گرم گرم دو قطرے ۔ ؟

"ارے صبّو تو رو رہی ہے ۔ ؟

صابرہ نے بغیر دھلے ہاتھ ہی اس کی گردن میں ڈال دیئے اور لپٹ کر سسکی ۔" شمو میرا جی بری طرح گھبرا رہا ہے ۔ پتہ نہیں کیا ہونے والا ہے"

وداعی کے لمحات قریب آرہے ہوں تو سکھی سہیلیاں ایسے ظاہری طور پر بھلے ہی چھیڑ چھاڑ کرتی رہیں ۔ مگر دل اندر سے روتے رہتے ہیں ۔ اپنی پیاری کی جدائی پر بھی اور ان دیکھے وسوسوں پر بھی جو پتہ نہیں آئندہ زندگی کو کس کس رنگ میں رنگیں ۔ شمی جیسے اندر سے چیخ پڑی ۔ آنکھوں میں آنسو بھر کر بولی ۔

"اری پاگل تجھے ہوا کیا ہے ۔ ؟ جانتی نہیں نعیم بھیا تجھے کتنی چاہت اور ارمان سے بیاہ کر لے جا رہے ہیں ۔ کوئی غیروں کا معاملہ تو ہے نہیں بڑی پھوپھی ہی کے تو لڑکے ہیں اور تجھے کیا چاہیئے ۔ ؟ آنسو پونچھ کر وہ ذرا سا مسکرائی ۔ " اور کوئی ایسی ویسی چاہت ہے ان کی ۔ پورے چھ سالوں سے تیری چوکھٹ پر سر گڑ رہے تھے ۔"

اور یہ سچ بھی تھا ۔ صابرہ کو ایک دو بھی نہیں ۔ دسیوں ہی پیغامات

تھے، کوئی ڈاکٹر، کوئی انجنیئر، کوئی بزنس مین، کوئی زمیندار — لڑکی پڑھی لکھی ہو اور خوبصورت بھی ہو تو پیغام جھڑبیری کے بیر کی طرح گرتے ہیں — انہی بے شمار پیغامات میں ایک پیغام نعیم کا بھی تھا، جو اس کی اپنی بڑی پھوپی کا بیٹا تھا۔ اور محض پانچ سو روپے کی چھوٹی سی تنخواہ پر ملازم تھا— ان پیغامات کی موجودگی میں جب نعیم کا پیغام آیا تو اماں خاموش رہ گئیں کہ لڑکی کے یہاں سبھی طرح کے پیغامات آتے ہیں لیکن رضا بھیا خاموش نہ رہ سکے اماں کو خاموش دیکھ کر بولے۔

"کیوں اماں کیا آپ سمجھتی ہیں کہ جس لڑکی کے گھر کے نوکروں کو مجموعی طور پر پانچ سو سے کچھ زیادہ ہی تنخواہ جاتی ہو، وہ ایک ایسے شوہر کے ساتھ خوش رہ سکے گی، جس کی تنخواہ پانچ سو کے لگ بھگ ہو۔"

اماں پھر بھی کچھ نہ بولیں۔

"ڈرائیور۔ مالی، دربان اور باورچی کو ملا کر پانچ سو تنخواہ دی جاتی ہے نا اماں — ؟"

اماں اب کے سے بولیں تو یہ بولیں —"اللہ رکھو جس کا بھائی اتنا دھنی ہو وہ اپنی بہن کے لیے کیا کچھ نہیں کرسکتا۔" رضا بھیا گڑ بڑائے۔

"تو کیا آپ نے نعیم کے حق میں فیصلہ کرلیا۔؟"

"اے نہیں بیٹا — میں تو بات سی بات کر رہی تھی —" لیکن یہ تو حقیقت ہی ہے کہ جوڑے اللہ کے یہاں سے ہی بن کر آتے ہیں — اب نعیم میاں کی پسلی کا جوڑ ہی اگر صابرہ تھی تو اماں کیا کرتیں اور رضا بھیا بھی کیا بگاڑ لیتے۔ اور ویسے شائد یہ پیام ہوتا بھی نا اگر ایک بار نعیم

صابرہ سے محض ایک بات نہ کہہ دیتا۔

"چھابی تمہیں پتہ ہے آسمان پر صرف ایک ہی سورج ہوتا ہے لیکن وہی ایک سورج دنیا کے ذرّے ذرّے کو روشنی بخشتا ہے۔ عورت کی دنیا بھی صرف ایک ہی سورج کی محتاج ہوتی ہے چھابی ۔ تم جو اتنی پیاری، اتنی حساس اور اتنی دل میں اُتر جانے والی لڑکی ہو چھابی ۔ تمہارے لئے جی چاہتا ہے ایسا شوہر ملے، جو تم چلو تو تمہارے قدموں میں اپنا دل بچھا دے۔ جو تمہاری مسکراہٹ کو وہ قدر دانی بخشے کہ جیسے اسی تبسم سے کلیاں پھول بنتی ہیں ۔ جو یہ سمجھے کہ تمہارے آنسو (خدا نہ کرے جو کبھی تمہاری آنکھیں ان موتیوں سے آشنا ہوں جنھیں دنیا والے آنسوؤں کا نام دیتے ہیں۔) وہی پہلا پہلا انمول پانی ہے، جو کسی سیپ میں جا گرے تو اس کا مقدّر بدل جائے۔ تم نے چھابی زندگی میں دولت تو اتنی دیکھی ہے، کہ اتنی مٹی بھی تم نے اپنے قدموں تلے شائد ہی روندی ہو۔ خدا کرے اب تمہیں وہ انسان، وہ سچا چاہنے والا ملے جو تم سے پیار کرے۔ چھابی تم سے ۔ تمہاری دولت سے نہیں"

چھابی نے گھبرا کر اسے دیکھا تو وہ اپنی ہی رو میں کہے گیا تھا۔

تم نے سائے دیکھے ہیں چھابی ۔ دھوپ اور چھاؤں کے سائے، کبھی یہاں، کبھی وہاں،! دولت بھی اُس کی طرح ہے۔ وہ تو کسی کو بھی کبھی بھی چھوڑ کر جا سکتی ہے۔ چھابی لیکن ادھر دیکھو، تمہیں قسم ہے چھابی ادھر دیکھو ایک محبّت بھرا دل رکھنے والا شوہر کبھی نہیں بدل سکتا! میں سمجھتا ہوں میں تمہیں جتنا خوش رکھ سکوں گا۔ اتنا کوئی نہیں رکھ پائے گا۔ پتہ ہے کیوں ؟ میں تمہیں چاہتا ہوں چھابی صرف تمہیں۔ تمہاری دولت کو نہیں ۔"

سچ تو ہے پھر چھپانے کی ضرورت بھی کیا تھی۔ ؟ بھیا آخر پھر اپنے ہی بھیا تھے۔ جب اماں کا جھکاؤ انھوں نے نعیم کی طرف دیکھا تو سمجھ گئے کہ اپنی کسی سکھی سہیلی سے صابرہ نے ہی اماں سے کہلوا دیا ہوگا کہ وہ نعیم کے لئے ہاں کر دیں۔ ورنہ اتنے ماڈرن زمانے میں کسی بی' اے پاس لڑکی کا، جس کے بارے میں بھی کہتے ہوں کہ ہزاروں میں ایک ہے، ہاتھ کسی کے ہاتھ میں محض ماں کی مرضی سے نہیں دیا جا سکتا۔ ــ اور یہ حقیقت بھی تھی کہ نعیم کی باتیں جیسے اس کے دل پر نقش ہو کر رہ گئیں تھیں اور وہ زندگی کے اس دن کی سخت مشکور تھی جب سارے لوگ کسی دعوت میں گئے تھے۔ ــــــــــــــــــــــ۔ اور وہ سر درد کے مارے اکیلی گھر پر تھی۔ اور یوں نعیم کو اکیلے میں صابرہ سے دل کی بات کہنے کا موقع مل گیا تھا۔ ورنہ اب اماں ایسی آزاد خیال بھی نہ تھیں کہ جس لڑکے کا بیٹی کو پیام تھا اس کے ساتھ من مانی کرنے کی کھلی چھٹی دے دیتیں۔

"آپی ــ بڑے ابا نے کہلوایا ہے جلدی سے دلہن کو سجا سنوار دیں۔ قاضی صاحب آ گئے ہیں۔" نسرین غرارے کے پائنچے سنبھالتی آئی اور شمی سے اتنا سندیسہ دے کر الٹے پیروں بھاگ گئی

لڑکیوں کا ایک پرا بھاگتا ہوا آیا اور دلہن کے کمرے میں ڈٹ گیا۔

"اللہ شمو باجی ــ دولہا بھائی کا جوتا چھپائیں"

"پان میں نمک ڈال کر کھلائیں ــ"

الائچی میں کنکر بھر کر رکھ دیں ــ"

"اری آزاد گھوڑیو ــ نکلو یہاں سے مجھے دولہن کو سنوارنا ہے۔

اور تم ہو کہ اپنے بے ہودہ پروگراموں میں ہی مجھے کھپا رہی ہو ۔" اور اس نے سب کو باہر ڈھکیل کر باہر کر کے دروازہ بند کر دیا۔

سرخ گھونگھٹ اٹھا کر شمی نے صابرہ کے چاند ایسے چہرے کو ٹھوڑی پکڑ کر اونچا کیا اور شرارت سے بولی ۔

"اللہ کیا روپ اترا ہے ۔!! مگر یاد رکھ جیسے سجا بنا کر آج بھوا رہی کل صبح ایسے ہی واپس آنا ۔" چھالی شرم سے دہری ہو گئی دروازے سے پڑھ پھڑ پھڑاہٹ تھی کہ شمو کو دروازہ کھولتے ہی بن پڑی ۔

"اوہو ہو ۔ یہ ٹھاٹ ہیں ۔"

اب جو دھائیں دھائیں مچی ہے ۔تو رکنے کا نام نہیں ۔ بڑی ممانی نے آکر ڈانٹا۔

"اری بے شرمو تمہارے ماموں وکیل لے کر آ رہے ہیں، ذرا تو ادب سے بیٹھو ۔"

اور وہ سارا وقت قیامت بن کر ان لڑکیوں پر سے گزرا ۔ بیباک جملے ، ہنستے ہونٹ، تیز تیز جملے سب آنسوؤں میں ڈوب گئے ۔ صابرہ پرائی ہو گئی ۔

آرسی مصحف کے بعد جب رضا بھیّا نے جو کہ ابّا میاں کی موت کے بعد وہی صابرہ کے باپ تھے ، دولھا کے ہاتھ میں دلہن کا ہاتھ دیا تو میراثنوں نے وہ گیت چھیڑ دیا جس نے دلوں کو کاٹ کر رکھ دیا ۔ بھالی کی زبان سے وداع ہونے والی بہن کے لئے محبتوں کا خزانہ !

ہو لاڈو میری ڈولا چڑھی . . . .

میں نے تمہیں کس ناز اور پیار سے پالا۔ پھولوں کو بھی کوئی ایسے سنبھال کر نہیں رکھتا۔ میری بہن بس تو تیرے لیے چاند کا ٹیکہ اور تاروں کی مالا پرو دیتا اگر تو اشارہ بھی کر دیتی میری دلاری۔

میں تو سارے باغوں کی کلیاں لا کر تیری راہوں میں بچھا دوں کہ تیرے نازک تلوے لہولہان نہ ہو جائیں میری بہن، تیری چہکاریں دنیا بھر کے پرندوں سے برتر۔ اب تو چلی میری بگیا ویران ہو گئی بہنا۔

ہولاڈو میری ڈولا چڑھی۔

"پھر بھی میں اداس نہیں ہوں کہ تو اپنا گھر بسانے جا رہی ہے۔ خدا تیرا باغ بغیچہ ہرا بھرا رکھے، اس میں ننھے ننھے پھول اور منی منی کلیاں کھلیں کہ تجھے کبھی میں یاد نہ آؤں۔

ہولاڈو میری ڈولا چڑھی۔

اور جواباً وداع ہونے والی بہن کی فریاد

او بھیا! اب نہ آؤں کبھی تیری گلی،

اللہ نے تجھے کیا نہیں دیا۔

کس چیز سے نہیں نوازا

تیری اتنی اونچی حویلی کہ آسمان سے باتیں کرے۔ تیرے خزانوں میں اتنا روپیہ کہ زمین پر پھیلا دے تو زمین چھپ جائے۔

پھر بھی تجھ سے ایک بہن نہ پالی گئی

میں نہ آؤں کبھی تیری گلی۔

بھائی کی درد بھری پکار

پالنے کا سوال ہوتا تو میں تجھے آنکھ کی پتلی بنا کر پلکوں کے سائے میں رکھتا۔

دولت لٹانے کا سوال ہوتا تو تجھ پر ساری دولت لٹا کر کنگال ہو جاتا۔ یہ اونچی حویلی، بیر چوبارے سب تجھ پر صدقہ۔ مگر بہنا نہ پیغمبروں نے اپنی بیٹیاں بٹھائیں، نہ راجے مہاراجوں نے۔ نہ بادشاہوں نے نہ فقیروں نے کہ اسے بہن یہ پھول کھلتا ہی اس لئے ہے کہ اسے دوسرے کے آنگن کی زینت اور سجاوٹ بنادیا جائے ۔۔ میری بہن روتی ہوئی جا مگر ہنستی ہوئی آنا۔

صابرہ کا دل اس کے حلق میں آن پھنسا تھا۔ اس نے زندگی میں دوسروں کی شادیوں میں ہزاروں بار بابل سنے تھے۔ لیکن آج میراثنوں نے موقع کی مناسبت سے یہ کیسی وداعی گائی ؟ بہن کے دل کی کیسی بھرپور ترجمانی کی تھی۔ ؟ اور ایک مجبور بھائی کے دل کی درد انگیز پکار ؟؟

رضا بھیا زبان سے کچھ نہ کہہ سکے، کہنے کا یارا ہی نہ تھا، بڑے بزرگ قریب کے، دور کے، رشتہ دار سب ملتے گئے ۔ سب سے آخر میں اماں آئیں صابرہ کا جی ہل گیا۔ وہ کیسے اماں سے ملے گی ۔۔ ؟؟ آنسوؤں پر کیسے قابو پاسکے گی ، مگر اماں کا بے پناہ ضبط اسے جیتے جی مار گیا۔

"بیٹی ۔ میری جان ۔ میری گڑیا ۔"

اور پھر وہ خاموش سی رہ گئیں ۔ ایسی خاموشی جو کسی زبردست طوفان کا پیش خیمہ ہوتی ہے ۔ کتنے آنسوؤں کا گھونٹ کرا نھوں نے اپنے احساسات کو زندگی بخشی !

"بیٹی ہر ماں کو اپنی بیٹی سے بڑی بڑی امیدیں رہتی ہیں ۔ مجھے امید

ہے بٹیا تم وہی کرو گی جس کی میں نے تم سے آرزو کی ہے۔ میں تم سے کیا کہوں چاند — ہر بات بیان کی محتاج تو نہیں ہوتی۔ اتنا ضرور کہوں گی بیٹی کہ پھولوں کو تو سب ہی گلے لگاتے ہیں۔ لیکن کانٹوں سے پیار کوئی نہیں کرتا۔ اللہ کرے جو تمہاری پھولوں بھری زندگی میں کبھی کوئی کانٹا کھٹکے لیکن خوبی تو یہی ہے بٹیا کہ پھولوں کے ساتھ کانٹوں سے بھی نباہ کرلو— شوہر محض گھر کا مالک ہی نہیں ہوتا — وہ تمہارے دکھ سکھ کا ساتھی بھی ہوتا ہے۔ اس کے سکھ تمہارے نہ ہوں دکھ ضرور تمہارے ہونے چاہئیں یہی وہ کسوٹی ہے، بٹیا جس پر گھس کر ایک لڑکی ایک مکمل عورت بنتی ہے۔ تمہارے نئے سفر کے لئے میں تمہیں اور کیا سوغات دوں بیٹی سوا اس آرزو کے کہ تمہارے ہونٹوں پر جب بھی ہنسی بکھرے وہ تمہارے شوہر کے لئے ہو اور تمہاری آنکھ میں چمکنے والا ہر موتی بھی اسی کے نام سے منسوب ہو...... آگے وہ کچھ نہ کہہ سکیں اور بے دم سی ہو کر وہیں سسک پڑیں

نئی زندگی نئی مصروفیتیں — نئے لوگ اور نیا پیار! صابرہ جیسے خوشیوں میں کھو گئی — وہ سوچتی واقعی اس نے نعیم سے بیاہ کر کے زندگی میں سب سے بڑی عقلمندی کی ہے۔ شادی کی رات روایتی پیار و محبت کی باتوں سے ہٹ کر نعیم نے اس سے کہا تھا۔

"چھابی تمہیں پتہ ہے تم سچ مچ آسمانوں پر چمکنے والا چاند ہو۔ جس کی آرزو بھی محض حماقت تھی لیکن اب جبکہ تم میری ہو صرف میری، کیا سچ مچ مجھے اور میرے گھر کو اپنا سمجھو گی۔"

صابرہ شرما کر رہ گئی تھی تو وہ بے تابی سے بولا تھا۔ "تم کبھی مجھے

حقیر تو نہیں سمجھو گی ۔"

صابرہ نے یکبارگی حیرت سے سر اٹھا کر پوچھا تھا ۔" حقیر آپ کو ۔ کیوں بھلا ۔ ؟"

اس لئے کہ تم رضا بھیا کی بہن ہو ۔ ایک امیر گھرانے کی امیر لڑکی میں غریب آدمی ۔ تمہیں کیا دے سکوں گا ۔ ؟"

"بس بس ...." بھابی نے اپنا سرخ سرخ چھوٹا سا مہندی لگا ہاتھ اس کے ہونٹوں پر رکھ دیا تھا ۔" ایسی بے کار کی باتیں نہ سوچئے ۔ کیا دنیا میں پیسہ ہی سب کچھ ہوتا ہے ۔ ؟ میں نے تو آپ سے پیار کیا ہے آپ کی ذات سے، آپ کی شخصیت سے محبت کی ہے ۔ آپ کروڑ پتی ہو جائیں یا اللہ نہ کرے کتنے بھی غریب ۔ میں آپ کی ہوں اور آپ کی ہی رہوں گی ۔"

شادی کے چند ہفتوں کے بعد جب دونوں میاں بیوی پہلی بار ایک ساتھ رضا بھیا کے ہاں گئے تو وہ مارے خوشی، خاطر تواضع کے بچھ بچھ گئے واپسی پر اماں بھیا اور بھابی نے انھیں تحفوں سے لاد لاد دیا ۔ ابھی شادی ہی کے بے حساب کپڑے، ان پہنے تھے کہ مزید کئی جوڑے دونوں کو تحفہ میں ملے ۔ صابرہ کو سونے کا ایک خوبصورت سا سیٹ بھابی نے دیا اور نعیم کو ایک بھاری گھڑی ۔

"تم ہو واقعی لکی چھابی ــ" نعیم توصیفی انداز میں بولا ۔

"وہ کیسے ۔ ؟" بھابی نے حیرت سے پوچھا ۔

"یہی کہ رضا بھیا جیسے بھائی کی بہن ہو ــ" وہ مسکرایا ۔ صابرہ سنجیدہ ہو گئی ــ" آپ کو پتہ ہے ۔ بڑے لوگ ایک مثل کہا کرتے ہیں "لاکھوں کا بھائی نہ تنکے کا سائیں ــ" مطلب یہ ہے کہ اگر بھائی کتنے ہی پیسے والا ہو، اور سائیں یعنی شوہر کتنا بھی فقیر کہ بس تنکا جس کے پاس ہو، تو بھی سائیں ہی بہتر ہے ۔ میں تو سمجھی تھی آپ مجھے یوں لگی کہہ رہے ہوں گے کہ میں آپ کی بیوی بنی ۔ اتنے قدر دان محبت والے ــ مرٹ جانے والے شوہر کی بیوی ــ !"

بھابی کی باتوں سے معصومیت، سچائی اور سادہ لوحی کی جو خوشبو آ رہی تھی ۔ اس نے نعیم کا دل ایک ساتھ خوشبوں اور آنسوؤں سے بھر دیا ۔ اس نے بھاری دل سے سوچا ۔ خوش نصیب تو در اصل وہ خود ہے ۔ جسے ایسی بیوی ملی ــ"

لیکن دونوں کے پیار محبت میں، ہلکی سی دھار، اس وقت پڑی جب صابرہ، پہلے پہل، ماں بننے کو ہوئی ۔ کچھ ہی ماہ پہلے نعیم کا تبادلہ بمبئی ہو چکا تھا ــ پہلے سب ایک ساتھ رہتے تھے مشترکہ گھر تھا ۔ مشترکہ آمدنی اس طرح ذمہ داریاں بھی کم تھیں ۔ خرچہ بھی کم، اور جب ایک دم سے بمبئی جیسی مہنگی بستی میں تبادلہ ہو گیا تو حالات ہی بدل گئے ۔ صابرہ امیرانہ ماحول میں پلی بڑھی لڑکی تھی جس نے کبھی ہل کر پانی بھی نہ پیا تھا ۔ سسرال میں بنھ ہی گئی، کیوں کہ پھوپھی جانتی تھیں کہ وہ ایسی بیٹی کو بہو بنا کر لائی ہیں ۔ جو جلتی بھی تھی تو پیروں تلے، کنیزوں کی ہتھیلیاں بجھ جاتی تھیں اور انھوں نے کبھی چاہا بھی نہیں کہ صابرہ سے کوئی ہلکا سا کام بھی

لیں۔ ویسے بھی ان کے یہاں کھانا پکانے کے لئے ایک ماما اور اوپر کے کام کے لئے ایک بڑے میاں تو تھے ہی۔ بہو کے میکے کی طرح ڈرائیور، مالی اور دو دو خانساماں اور دربان نہیں تھے۔ لیکن بہو کو کبھی تکلیف بھی نہ ہوئی۔ ایک تو بمبئی کی آب ہوا صابرہ کو کچھ بھائی نہیں دوسرے متلی، چکر اور قے کا سلسلہ جاری تھا۔ اس نے نعیم سے بڑی سادگی سے کہا۔

"کل میں نے کھانا پکایا تو اس قدر متلی ہوئی، ایک خانساماں کیوں نہ رکھ لیں۔"

نعیم ایک بار ٹریننگ کے سلسلے میں بمبئی آیا ہوا تھا اور یہاں کی مہنگائی سے واقف تھا۔ بولا۔

"ملتا ہو تو رکھ لو۔ کیا حرج ہے۔"

"ہاں ملتا تو ہے۔ برتن مانجھنے والی بائی کہہ رہی تھی ایک بھروسے کا خانساماں ہے پچاس روپے لے گا۔"

"پچاس روپے ۔۔۔ ؟" نعیم دیدے پھاڑ کر بولا "بائی کو ہم آگے ہی پندرہ روپے دے رہے ہیں۔ پچاس خانساماں کو کتنے ہو گئے پینسٹھ فلیٹ اتنا چھوٹا، اور حقیر سگر پھر بھی ڈیڑھ سو روپے کرایہ۔ اب پانچ سو میں باقی رہے کتنے ؟

تو بھیا کو لکھ کر ان کے ہاں سے ایک خانساماں بلوالوں۔ دو دو ہیں اور اتنا کام بھی نہیں ہے۔" نعیم جو اب تک اخبار پڑھ رہا تھا اور بائی دی وے باتیں کر رہا تھا اخبار ایک طرف رکھ کر کچھ نرمی اور کچھ خفگی سے بولا "تمہیں پتہ ہے تم نے ابھی کیا کہہ دیا ہے۔؟"

صابرہ نے تھوڑی دیر حیرت سے سوچا۔ اور بولی "میں نے....؟ میں نے تو بس یہی کہا کہ بھیا کو کہہ کر خانساماں بلوائے لیتی ہوں۔"

"چھابی ـــ" نعیم نے التجائیہ انداز میں۔ لیکن ایسی التجا جو حکم پر بھاری تھی۔ بولا "تمہیں یاد دلا دوں چھابی تم ایک لکھ پتی بھائی کی بہن ضرور تھیں۔ لیکن اب ایک پانچ سو روپے ماہانہ پانے والے چھوٹے سے آفیسر کی بیوی ہو۔ ماضی کو بھول کر حال کو اپناؤ چھابی یہ ہم دونوں کے لئے بہتر ہے۔"

چھابی سوچتی ہی رہ گئی کہ اس سے کہاں غلطی ہوئی ہے۔ لیکن نعیم جو چھابی کا دیوانہ تھا۔ اس سے بے پناہ محبت کرتا تھا۔ اُسے سخت لہجہ میں کوئی بات کہہ ہی نہیں سکتا تھا۔ آج ذرا الجھ کیوں گیا تھا۔ وہ اپنی جگہ سہم سی گئی۔ ٹال گئی ـ وہ خود بھی نعیم سے سچ مچ اتنا پیار کرتی تھی کہ اس کی ہلکی سی کڑوی بات کو ٹال بھی سکتی تھی۔

پھر ایک دن اسی قسم کی واردات ہوگئی۔ ذکر یہ تھا کہ زچگی کے لئے چھابی میکے جائے یا بمبئی ہی میں اپنا کیس کسی اچھی سی لیڈی ڈاکٹر کو دے دے۔ لازمی چھابی میکے جانے کے فیور میں تھی۔ وہ بڑی سادگی سے بولی۔ "میں تو اماں کے پاس ہی چلی جاؤں گی، اب اماں ضعیفی میں اتنی دور آئیں۔ خواہ مخواہ تکلیف ـ"

"مائیں بیٹیوں کے لئے اتنی تکلیف اٹھاتی ہیں۔ ایک ہلکی سی تکلیف یہ بھی سہی۔ ناگپور سے بمبئی ایسا کون سا دور ہے ؟ تم انھیں لکھ کر دیکھو۔"

وہ ذرا رُکتے رُکتے بولی۔ "میرے خیال سے وہیں اچھا رہے گا۔ بھابی بھی رہیں گی۔ سب سے ملے دن کتنے ہو گئے ہیں۔ اسی ہاسپٹل میں اپنا کیس بھی دے دوں گی جس میں بھابی نے دیا تھا۔"

"بھابی والی ڈاکٹر تو شائد زچگی کی فیس پانچ سو لیتی ہے۔" نعیم ذرا گھبرا کر بولا۔

"ہاں لیتی تو ہے۔" چھابی لاپروائی سے بولی۔ "مگر اس سے کیا فرق پڑتا ہے۔؟"

"کوئی فرق ہی نہیں پڑتا؟ ارے بابا یہ تو سوچو کہ میری ایک ماہ کی تنخواہ چلی جائے گی، پوری۔" نعیم تھوڑا سا مسکرایا۔

"ارے، آپ کی تنخواہ کیوں جائے گی، بھیا دے دیں گے فیس۔" نعیم ذرا بور ہو کر بولا۔ "ہر بات میں بھیا بھیا ٹھیک نہیں لگتا۔ بات کو سمجھا کرو ذرا۔"

چھابی تنک کر بولی۔ "تو کیا ہوا آخر کو میرے بھائی ہیں۔"

"بھائی ضرور تمہارے سہی لیکن ان کا پیسہ تمہارا نہیں چھابی۔ مرد کا اپنا ایک وقار ہوتا ہے۔ تم اگر بات بات پر بھیا کو پکارو گی، تو میری تو رسوائی ہے ہی تمہاری بھی ذلت ہے۔ کیوں کہ بہرحال شادی مجھ سے تم نے اپنی ہی پسند سے کی ہے۔"

چھابی بچپنے کی سی حماقت اور معصومیت سے بولی۔ "لیکن آپ کو جو تحفے ملتے رہے ہیں تو تو کبھی آپ نے رسوائی محسوس نہیں کی۔"

"وہ بات اور ہے۔ اور یہ قطعاً اور۔ یہ کتنی عجیب بات ہے

کہ ہمیں اگر نوکر کی تکلیف ہو تو رضا بھیا کو پکاریں۔ پیسے کی کمی پڑے تو ان کی طرف دیکھیں۔ ڈاکٹر کا بل دینا ہو تو ان کے آگے ہاتھ پھیلائیں اب تو ہمیں جو کرنا ہے انہی پانچ سو میں کرنا ہے۔
سمجھیں میری جان۔"

اس نے پیار سے لپٹانا چاہا۔ لیکن چھایا بجھ سی گئی تھی۔ اس نے کوئی گرم جوشی نہ دکھائی۔ "شائد نعیم کے پیار اور التفات میں کوئی کمی آ رہی ہے۔" اس نے اندیشے کے ساتھ سوچا۔ لیکن نعیم اس کی دوا کا وقت ہو جانے پر روز کی طرح اسے اپنے ہاتھ سے دوا کھلانے اٹھ گیا تھا۔ وہ شرمندہ سی ہو گئی۔ "نہیں وہ مجھے ابھی بھی اتنا ہی چاہتے ہیں۔ شائد میں کچھ غلط سوچنے لگی ہوں۔"

اس دن کی چپقلش کو اماں کے خط نے ختم کر دیا۔ ان کا بے حد پیار بھرا خط خود نعیم کے نام آ گیا تھا کہ پہلی زچگی اگر میکے میں ہو تو زیادہ بہتر ہے۔ ویسے تم اس کے شوہر ہو جو چاہو گے وہی ہوگا، لیکن یہ ایک ماں کے تڑپتے دل کی چھوٹی سی آرزو ہے۔ رضا خود بھی تمہیں خط لکھنے والے ہیں کہ صابرہ کو چند ماہ کے لئے چھوڑ جاؤ ادھر ادھر کی باتوں کے علاوہ آخر میں پھر انھوں نے ایک بار لکھا تھا۔ تم اگر صابرہ کو لے کر آ رہے ہو تو تار سے اطلاع کر دینا تاکہ گاڑی اسٹیشن بھجوا سکوں۔" اب اس خط کے بعد تو بحث مباحثے اور انکار کی گنجائش ہی نہ رہ جاتی تھی۔

صابرہ جب ماں بنی تو نعیم بمبئی میں ہی تھا۔ وہ اسے چھوڑ کر واپس آ گیا تھا۔ اب یہ سن کر کہ وہ باپ بن گیا ہے اس سے صبر کرنا مشکل ہو رہا تھا

ننھے سے بیٹے کو دیکھنے کے لئے بُری طرح اس کا جی مچل رہا تھا۔ لیکن سوچا کہ اس بار جاؤں تو الگ پیسہ خرچ ہوگا اور جب بیوی بچے کو لینے جاؤں گا تو دگنا روپیہ آنے جانے اور انھیں لانے میں لگے گا وہ من مار کر رہ گیا وہ اپنی خواہشات کو مار سکتا تھا لیکن کسی کے آگے قرض کے لئے ہاتھ پھیلا کر ہیٹا نہیں پڑنا چاہتا تھا۔

چالیس دنوں پر چھلا ہوا تو اسے بھی دعوت آئی۔ نہ بھی آتی تو جانا ضرور تھا، اب تو بیوی کے ساتھ ساتھ اسے بچے کی بھی سخت یاد ستانے لگی تھی حالانکہ اب تک دیکھا نہیں تھا۔ لیکن تصور میں وہ کئی بار اپنے بچے سے مل چکا تھا۔ اسے گودی میں اٹھا کر پیار کر چکا تھا۔ واپسی پر ساس نے حسب دستور اُسے دو سو روپے سلامی دی۔ وہ مسکرایا۔ "یہ سلامی کا چکر بھی خوب ہے۔ چلو کم سے کم ندامت کا احساس تو نہیں ہوتا۔ کیوں کہ یہ تو دولہوں کا پیدائشی حق ہے کہ وہ سسرال سے ہر عید، بقر عید اور بچے کی پیدائش پر روپیہ بٹورتے رہیں۔"

لیکن وہ یہ بھی نہیں چاہتا تھا کہ لوگ یہ بھی سوچیں کہ وہ صرف لینا ہی جانتا ہے دینا نہیں۔ دوسرے دن وہ بھابی کے لئے ایک قیمتی ساڑی اور رضا بھیا کے لئے ایک سوٹ کا کپڑا لے آیا۔ اپنے بچے کے ساتھ ساتھ ان کی بچی کے لئے بہت سارے کھلونے بھی۔ صابرہ بھی بے حد خوش ہو گئی۔ بھئی آخر اس کے میاں سے ہی اس کی اپنی عزت اور بڑا پن تھا تحفوں کے علاوہ خود صابرہ کو بھی بھیا نے دو سو روپے دیئے تھے۔ ننھے بچے کے ہاتھ میں بھی سو روپے رکھے۔ لیکن آتے آتے وہ اپنی ماں اور گھر والوں

سے ملنا آیا۔ بہو نے امی کو دادی بنایا تھا۔ وہ خوش خوش منتظر تھیں کیسے نہ جاتے۔ واپسی پر حسب معمول پھر خالی تھا۔ گھر واپس پہنچے تو صابرہ نے بچے کے لئے پالنا لینا چاہا۔ جا کر دیکھا اور پسند کیا تو پالنا تین سو روپے کا تھا کتنی حقیر رقم تھی ۔ لیکن وہ لے نہیں سکتی تھی۔ اس کا چہرہ اتر گیا۔ نعیم اس کا دل بہلانے کے انداز میں بولا۔

"دوسرا پسند کرلو ۔ وہ بہت بڑا ہے۔"

"بڑا نہیں ہے ۔" چھابی پہلی بار جل کر بولی ۔"اس کا دام بڑا ہے جو آپ کے بس کی بات نہیں ہے۔"

"چھابی ۔" دکان دار کے سامنے وہ اور کیا کہتا بس چھابی کہہ کر رہ گیا وہ سینڈل پھٹ پھٹاتی دکان سے باہر نکلی تو نعیم اس کے پیچھے پیچھے لپکا ۔"بات تو سنو ۔"

"میں نہیں سنتی آپ کی باتیں ۔"

"دل برا مت کرو ۔ پالنا پسند آہی گیا ہے تو لے لو، میں کسی دوست سے قرض لے لوں گا۔"

"میں قرض لینے کو کب کہہ رہی ہوں ۔"

"تو اس طرح تماشا تو نہ بناؤ۔"

"نہیں میں اپنا کوئی زیور توڑ لوں گی ۔"

"چھابی ۔" نعیم غصے سے چلاّیا ۔" ایسی باتیں کہہ کر میری ذلّت نہ کرو۔ اور کبھی اماں اور بھیا کو پتہ چل گیا کہ زیور توڑ توڑ کر تم اپنا گذارہ کر رہی ہو تو میں زندہ رہ پاؤں گا ۔ ؟"

وہ چلائی ۔ "تو پھر آپ کے حالات ٹھیک نہیں تھے تو آپ نے شادی ہی کیوں کی ۔ ؟ اچھی بھلی میں بھیا کے پاس رہتی اور ٹھاٹ کرتی"

نعیم کا پارہ بھی چڑھ گیا ۔ تو روکتا کون ہے ۔ ابھی بھی چلی جاؤ نا اپنے بھیا کے پاس . . . . پھر اس نے ماحول کی اہمیت کو محسوس کیا ۔ وہ دونوں دکان کے باہر کھڑے تھے ، بھابی کی گود میں بچہ بھی تھا ۔ ایسے میں کس قدر شرمناک بات تھی کہ وہ لڑے جا رہے تھے ۔ بھابی نے اچانک بے تحاشہ رونا شروع کر دیا تھا ۔

"گھر چلو ۔ " نعیم نے اس کا ہاتھ پکڑ کر کھینچا

اس نے جھٹکے سے اپنا ہاتھ چھڑا لیا ۔

" میں نہیں آتی ۔ " ایسے شوہر کے ساتھ جو میرے اخراجات نہ اٹھا سکے ۔ " بیٹھنے کو تو وہ ٹیکسی میں بیٹھ گئی لیکن منہ پھیر کر ۔ گھر جا کر بچے کو تو اس نے پنگوڑے میں پٹخا اور خود پلنگ پر اوندھ گئی ۔ آنسوؤں اور خیالات کا ایک سلسلہ تھا کہ بند ہوتا ہی نہ تھا ۔ شادی کا منظر اس کی نگاہوں کے سامنے تھا ۔ کیسے ہنگامے اور دھوم دھڑکے تھے ۔ یہاں سے لے کر وہاں تک جہیز سجا ہوا تھا ۔ مہمان بھرے ہوئے تھے ۔ کھانے پک رہے تھے ۔ دھڑا دھڑ دیگیں اُتر رہی تھیں ۔ پیسے کی کوئی فکر ہی نہیں ۔ اس کے بھیا کس قدر پیسے والے ہیں ۔ کیا مزے سے کنوارپن کی زندگی گزاری ۔ یہاں تو ابھی دو سال بھی چین سے نہیں گزرے ہیں ۔ ویسے اس نے خود کو بدلنے کی کس قدر کوشش کی ۔ اماں کے یہاں تو ہاتھ ، ہاتھ کو پاؤں پاؤں کو نوکر لگے ہوئے تھے ۔ یہاں جھاڑو بہارو سے لے کر ، کھانا پکانا ، سینا پرونا سبھی اپنے نصیب میں

آن پڑا ہے ۔ دراصل میں خود ہی پاگل گدھی ہوں کہ ایک آئیڈیل بیوی بننے کے چکر میں دوڑ، دوڑ کر میاں کا کام کر رہی ہوں ۔ کھانا پروس رہی ہوں۔ کام والی بائی نہ آئے تو دھنا دھن برتن مانجھ رہی ہوں ۔ میلے کپڑے گندے موزے (آخ تھو) دھو رہی ہوں ۔ حد ہے کوئی غلطی میری ہی تھی ۔ نعیم نے دیکھا کہ چلو مفت کی باندی مل گئی ہے۔ تو اسے خوب دباؤ ۔ اگر میں شروع گھڑی سے اپنی اکڑ میں رہتی تو جناب کی مجال نہ ہوتی کہ میری طرف آنکھ اٹھا کر بھی دیکھتے ۔ بس ہاتھ جوڑے غلاموں کی طرح کھڑے رہتے اور اب؟ اور اب تو دن رات کی چخ چخ ہے۔ تو کیا وہ سمجھ رہے ہیں کہ میں ان سے نباہ کر لوں گی ۔ ؟ اور شادی سے پہلے، باتیں تو اس قدر بڑی بڑی بنائی تھیں کہ میں بھی جھانسے میں آگئی ایسا لگتا تھا کہ بیچارے مجھے زمین پر چلنے ہی نہ دیں گے ۔ بس آنکھیں بچھا دیں گے ۔ اور اب تو جھڑک کر بات کرنا معمول ہو گیا ہے۔

اماں نے وداع کے سمے جو باتیں کہی تھیں ان کو سن کر تو ایسے سمجھے تھے جیسے بیچارے موم کے ہیں ۔ اب ذرا اماں آکر اپنے لاڈلے داماد کو دیکھیں ۔ ایک نہ ختم ہونے والا سلسلہ تھا۔ اور جذبہ خود ترسی اس وقت بے طرح امڈا ہوا تھا کہ چھابی دھائیں دھائیں روئے جا رہی تھی ۔ ایسے میں نعیم نے آکر دھیرے سے کیا پکارا کہ گویا بارود میں آگ لگا دی

"بس میں کہے دیتی ہوں کہ مجھ سے بات نہ کیجئے ورنہ ہاں ۔

" چھابی تم غصے میں کبھی بات سمجھنے کی کوشش نہیں کرتیں ۔"

" ہاں ہاں پاگل جو ہوں ۔ اور واقعی ہوں جو آپ جیسے کنگلے

سے شادی کر ڈالی۔ مجھے تو بیسیوں ہی پیغام ایک سے ایک بڑھ کر تھے۔ آپ جیسا دھوکے باز کوئی ہوگا، خواہ مخواہ مجھے شیشے میں اتارا۔

نعیم بڑی نرمی کا مظاہرہ کر رہا تھا۔ "ٹھیک ہے چھابی لیکن اتنا بتاؤ، کوئی اور شوہر ہوتا تو تمہاری اتنی کڑوی کڑوی باتیں پی لیتا۔؟؟ ۔ تمہارے ایسے بول سن سن کر گھر سے باہر نہ کر دیتا۔"

"ارے تو آپ بھی تین لفظ بول کر کر دیجئے نا گھر سے باہر۔ ہمت تو ہے نہیں۔"

"نہیں چھابی۔" نعیم اسی نرمی سے کہے گیا۔ ہمت کا سوال نہیں ہے۔ سوال یہ ہے کہ اگر میں وہ تین مکروہ لفظ بھی کہہ دوں تو تمہارے مسائل حل نہ ہوں گے۔ مجھ سے ٹھکرائی جاؤگی تو پورے زمانہ کی ٹھکرائی مانی جاؤگی میرے ساتھ رہنے سے بھلے سے ہی غربت سے ہی سہی'۔ جو تمہارا وقار ہے مٹ جائے گا۔"

چھابی بپھر کر اٹھ بیٹھی۔ "آہا۔ بہت وقار ہے کیا کہنے ہیں۔ کیا میرے بھائی بھابی مر گئے ہیں۔ ؟ کیا میں ان کے ساتھ نہیں رہ سکتی۔؟

"رہ کیوں نہیں سکتیں چھابی۔" وہ اپنی جگہ سے کھڑا ہوگیا۔ ۔"لیکن زمانے والے انگلیاں اٹھا اٹھا کر کہیں گے۔ یہی رضا صاحب کی وہ بہن ہے جسے اس کے شوہر نے چھوڑ دیا۔ اور تمہیں پتہ ہے چھابی۔۔ پھر بھابی بھی تمہیں وہ پیار اور عزت نہ دے سکیں گی جو وہ اب دیتی ہیں۔ اور رضا بھیا پال ضرور لیں گے لیکن بوجھ جان کر۔۔۔۔ تم خود ہی وہ مثل بھول گئیں شاید لاکھوں کا بھائی نہ تنکے کا سائیں۔۔۔"

"بس بس ختم کیجیے اپنی تقریر۔" چھابی چلائی۔ "مجھے بوجھ سمجھیں گے آپ۔ رضا بھیا نہیں۔"

"میں — ؟ ہاں میں تمہیں بوجھ ضرور سمجھتا ہوں لیکن پھولوں کا سا لطیف اور ہلکا پھلکا بوجھ — جسے ہاتھوں میں سمیٹ کر سینے سے لگا لینے کو جی چاہے۔" اب وہ خالص مردوں والی خوشامد پر اتر آیا تھا لیکن چھابی تو انگارے اگل رہی تھی۔ چیخ کر بولی۔ "سینے سے لگایئے اپنی ہوتی سوتیوں کو — میں اب آپ جیسے شخص کے ساتھ نباہ نہیں کر سکتی۔ میں ابھی جا کر بھیا کو تار کرتی ہوں کہ مجھے آ کر لے جائیں"۔ اور سچ مچ ہی وہ نعیم کے دیکھتے دیکھتے اُٹھی اور تیر کی طرح باہر نکل گئی۔

"اچھا ہوا کہ ابھی ایک ہی بچہ ہوا ہے۔ زیادہ ذمہ داریاں گلے نہیں پڑیں۔ اور میں ابھی ابھی جوان ہوں۔ طاقت ہے کہیں بھی کام کر سکتی ہوں۔ پڑھی لکھی ہوں نوکری بھی کر سکتی ہوں۔ یہ آدمی اپنے آپ کو سمجھتا کیا ہے۔" وہ دل ہی دل میں بڑبڑاتی چلی گئی۔

دو دن بڑے سخت ٹینشن میں گزرے اور تیسرے دن وہ یہ دیکھ کر حیرت زدہ رہ گیا کہ پانچ بجے سچ مچ ہی پریشان حال رضا بھیا حواس باختہ چلے آ رہے ہیں۔ چھابی اس قدر سنجیدگی سے لڑائی بڑھا دے گی وہ سوچ بھی نہیں سکتا تھا۔ "خیر اب رضا بھیا آ ہی گئے ہیں تو کچھ نہ کچھ فیصلہ ہو کر ہی رہے گا۔" وہ اپنی جگہ یوں ہی بیٹھا رہ گیا۔ رضا بھیا نے خود پریشانی سے پوچھا۔

"کیا ہوا نعیم — خیریت تو ہے میں سخت پریشان ہو کر چلا آیا۔ چھابی نے تار دیا تھا کہ "کسی بھی حالت میں فوراً آجائیے —" وجہ نہیں لکھی — خیریت تو ہے کہاں ہے وہ — ؟" ایک سانس میں وہ کئی باتیں پوچھ رہے تھے
"جی خیریت ہے" وہ جبراً مسکرایا۔ "چھابی اندر بچے کے پاس ہے"
دو دن سے وہ چھابی کے کمرے میں نہیں گیا تھا۔ ایک بار منانے کی کوشش کی تھی ضرور مگر اس نے ایسے بُرے الفاظ سے نوازا تھا کہ وہ ٹوٹ کر رہ گیا تھا۔ اس نے اپنے ضبط کا بے پناہ مظاہرہ کیا تھا کہ اسے بس طلاق نہیں دی تھی۔ ورنہ چھابی بس اس موڈ میں تھی کہ اسے اتنا اشتعال دلائے کہ وہ تین بار پکار پکار کر کہہ دے کہ ہاں طلاق، طلاق۔ طلاق۔
رضا بھیا لپکے ہوئے اندر گئے — اور اتنے عرصے میں نعیم کان بنا بیٹھا رہا۔ بس چھابی کی سسکیاں سنائی دے رہی تھیں۔ اور بار بار رضا بھیا کا اصرار، کہ آخر کیا ہوا۔ بڑی دیر کے بعد چھابی کے آنسو تھمے۔
"بھئی مجھے بلایا کیوں ہے ؟ دیکھو تو بھاگم بھاگ پلین سے آیا ہوں"
"مجھے آپ کی بہت یاد آرہی تھی بھیا" اس کی آنسوؤں بھری آواز میں اب قدرے مسکراہٹ چھلک رہی تھی۔
"اری پاگل — یاد آرہی تھی تو ایسا تار دینے کی کیا ضرورت تھی" کہ کسی بھی حالت میں فوراً آجائیے۔" خط لکھ دیتی میں نہ آجاتا —"
"بالکل نہ آتے وہ ناز سے اٹھلائی — بس لکھ دیتے کہ بزنس میں مصروف ہوں، یہاں جانا ہے، وہاں جانا ہے۔ اور ٹال جاتے — اب تو آنا ہی پڑا نا۔ ؟" وہ کھل کھلا کر ہنسی — ایک دم سے دھیمی سی سرگوشی میں

بھیا نے پوچھا ــ" نعیم سے تو جھگڑا وغیرہ نہیں ہوا نا ــ ؟"

"ارے نہیں بھیا" وہ خوش دلی سے ہنسی ۔ وہ تو فرشتہ ہیں فرشتہ ــ وہ کیا جھگڑیں گے بھلا ــ"

"روپے پیسے کی تو کوئی کمی نہیں نا ۔ نہ ہو تو مجھ سے لے لے"

"ارے کمال کر رہے ہیں بھیا آپ ــ ہماری کون سی بڑی فیملی ہے جو پیسے کی کمی پڑے ۔ پانچ سو بہت ہو جاتے ہیں ۔ اور پھر ان کا پروشن جو ہونے والا ہے ــ ویسے میں بے حد مزوں میں ہوں بھیا ــ"

نہیں نہیں میں کب کہتا ہوں کہ پانچ سو کم پڑتے ہوں گے ۔ لیکن کبھی کبھار خرچے بے ڈھنگے ہو جاتے ہیں نا ــ ؟ کبھی تاش، کبھی پکچر، کبھی وہ

"نہیں بھیا ۔ وہ ہنسی ــ ان بے چاروں کو تو ایسا کوئی شوق ہی نہیں ــ سارا پیسہ میرے ہی ہاتھ میں لا کر دیدیتے ہیں ۔ اور پھر کبھی الٹ کر پوچھتے بھی نہیں کہ کیا کیا ــ سچ بھیا میں بڑی قسمت والی تھی کہ ایسا فرشتہ شوہر ملا ــ" پھر اس کی آواز میں آنسوؤں کی نمی گھل گئی ۔

باہر بیٹھا بیٹھا نعیم پگھل گیا ۔ اب اس سے صبر ہونا مشکل تھا ۔ وہ تیزی سے بے تابی سے اٹھا اور اندر کی طرف چلا تو ۔ اک دم راستے میں اسے کسی چیز سے ٹھوکر لگی ۔ اس نے جھک کر دیکھا ۔ اور ہاتھ میں اٹھا لیا وہ منے کی کھلونا گاڑی تھی ۔ غصے میں چھایا نے سارا سامان پھینکا تھا تو منے کے کھلونے بھی اٹھا کر پھینک دیئے تھے ۔

رضا بھیا نے اسے ٹھوکر کھاتا دیکھا تو اپنے رشتے سے فائدہ اٹھا کر فقرہ کسا ــ" گاڑی ٹوٹی تو نہیں ؟ دونوں پہیئے برابر ہیں نا ؟"

"نہیں بھیا" اس نے جھینپی ہوئی چھابی پر ایک مسکراتی نظر ڈال کر کہا — "ذرا اٹھو کر لگی تو تھی مگر "کوئی" بر وقت سنبھل گیا... !"

رضا بھیا کچھ نہ سمجھے مگر چھابی کی مسکراتی نگاہیں کہہ رہی تھیں۔

"اگر لڑاؤں گی نہیں تو تم سے پیار بھی کیسے کر پاؤں گی میرے سورج — !"

عیدی

میرے گلے میں ایک بے حد خوبصورت لاکٹ جھولتا رہتا ہے۔ دل کی وضع کا سونے کا یہ لاکٹ کتنوں کی توجہ اپنی طرف کھینچ چکا ہے — سکھی سہیلیاں مجھ سے چھیڑ سے پوچھتی ہیں — ”یہ کیا اپنے پریتم کی تصویر اس میں چھپا رکھی ہے جو کبھی گلے سے الگ ہی نہیں کرتی —“

میں مسکرا کر رہ جاتی ہوں — ایک غمناک سی مسکراہٹ۔ کیا لاکٹوں میں صرف پریتم کی تصویریں چھپائی جاتی ہیں۔؟ یہ کوئی ایسا راز تو نہیں ہے جسے میں زمانے بھر کی نگاہوں سے چھپاتی پھروں —— لیکن میں اکثر سوچ کر رہ گئی ہوں کہ اگر میں نے یہ بتا بھی دیا کہ اس لاکٹ میں میں نے کیا سجا رکھا ہے تو کیا سننے والے واقعی یقین کر لیں گے۔؟

آج عید کا دن ہے — پتہ نہیں اس دن میں کیا خاص بات ہوتی ہے کہ بھولے بسرے پرانے چہرے بھی یوں رہ رہ کر یاد آتے ہیں کہ دل کلپ کلپ جاتا ہے۔ میری یادوں کے افق پر ایک چہرہ عید کے دن خاص طور سے جگمگاتا ہے۔ یوں جیسے وہ چہرہ نہ ہو، چاند ہو۔ جس کی جگمگاہٹ سے دل کا کونا کونا روشن ہو جاتا ہے — یہ میری دادی بی کا چہرہ ہے۔ محبت کی شعاعوں سے دمکتا ہوا۔ پیار میں ڈوبا ہوا۔

برسوں پہلے کی بات ہے، ان دنوں کی جب شائد میں چھ سات برس کی ننھی سی معصوم اور نادان بچی تھی۔ اس سال عید ہمارے لئے محرّم بن کر آئی تھی - اس لئے کہ عید سے چند روز پہلے ہماری امی چل بسی تھیں عید کے دن جو چہل پہل اور خوشی ہوتی ہے اس کا دور دور پتہ نہ تھا، بس ایسا لگتا تھا کہ ابھی ابھی کوئی میت اٹھائی گئی ہے۔ نانی اماں کا اس دن روتے روتے بُرا حال تھا۔ ہمیں نہ عید کے اہتمام میں نئے کپڑے پہنائے گئے - نہ گھر میں اچھے پکوان پکے۔ جب محلّے ٹولے کے سارے بچے رنگ برنگ کے کپڑے پہن کر ادھر ادھر اچھل پھاند مچا رہے تھے — اس وقت اس جان لیوا حقیقت کا انکشاف ہوا کہ آج ہمارے گھر عید نہیں آئی ہے۔ جب ہم نے ناسمجھی سے ضد کرنی شروع کی کہ ہم بھی نئے کپڑے پہنیں گے۔ ہم بھی میٹھا کھائیں گے تو نانی اماں نے نوکر کو بلا کر ہدایت کی کہ ان بچوں کو راحت بوا کے یہاں چھوڑ آ - میری طبیعت ٹھیک نہیں ہے۔"

نوکر نے ہماری انگلیاں پکڑیں، اور ہمیں ایک صاف ستھرے لپے پُتے چھوٹے سے گھر میں چھوڑ آیا — وہیں ہم نے پہلی بار محبت سے بھرپور

ایک چہرہ دیکھا۔ وہ نانی اماں کی سہیلی راحت بیا تھیں اور ہماری دادی بی۔ انھوں نے ہمیں ہاتھوں ہاتھ لیا اور گلے سے لگاتے ہی ان کے منہ سے گھٹی گھٹی چیخیں نکل گئیں ۔" آج اگر تمہاری ماں زندہ ہوتی ۔" آنسوؤں نے ان کا گلا دبوچ لیا اور وہ پھپک کر رونے لگیں۔ ہم حیرت سے انھیں دیکھ رہے تھے ۔ ہماری امی کے لئے یوں دھاروں دھار رونے والی یہ مہربان ہستی کون ہے ؟ پھر انھوں نے سنبھل کر ہماری سہمی ہوئی صورتوں کو دیکھا اور بڑے پیار سے غسل خانے میں لے گئیں ۔ مونہہ ہاتھ دھلوا کر انھوں نے بے حد پیار سے میرے سر میں تیل ڈالا ۔ اور چوٹیاں گوندھنے بیٹھ گئیں جب بھیا کی اور میری روتی صورتیں بنع سنور گئیں ۔ تو انھوں نے بیحد پیار سے دسترخوان بچھایا ۔ اور کئی طرح کے کھانے لاکر چن دیئے ۔ وہ منہ میں نوالے دے دے کر سر پیٹھ پر ہاتھ پھیر کر ہمیں کھانا کھلاتی رہیں اور جب نیند سے ہماری آنکھیں منڈنے لگیں تو انھوں نے کھلے برآمدے میں ہوا کے رخ پر ایک صاف ستھرا بستر بچھا دیا ۔ اور ہم دونوں بہن بھائیوں کو تھپک تھپک کر سلا دیا۔

کوئی تین چار بجے کے قریب ہم اٹھے انھوں نے پھر سے منہ ہاتھ، دھلوا کر ہمیں محبت سے سنوارا، اور دھوپ ڈھلے جب ہم گھر چلنے کو ہوئے تو انھوں نے دروازے تک لاکر چھوڑا ۔ اور جانے سے پہلے اپنی کمر میں اڑسی ہوئی ایک بوسیدہ سی تھیلی نکالی اور بے حد پیار سے ہماری مٹھیاں کھلوا کر ایک ایک چونی رکھی اور بولیں ۔" یہ تمہاری عیدی ہے بچو ۔"

میں نے بے حد غیر یقینی انداز سے پہلے اپنی مٹھی میں رکھی ہوئی چونی

کی طرف دیکھا اور پھر دادی بی کی طرف۔ پہلی بار شائد میرے ہونٹ کھلے

"۔۔ یہ ۔۔ یہ ۔۔ یہ میری ہے ۔۔"

"ہاں بیٹی بالکل تیری ہے۔ ۔" پھر وہ بے حد پیار سے میرے سر پہ ہاتھ رکھ کر بولیں ۔۔" اچھا یہ تو بتا اپنی نانی اماں سے تو نہیں کہہ دیگی کہ میں نے تجھے چونی دی ہے۔"

"بالکل نہیں ۔۔" میں نے مٹھی کو مضبوطی سے بند کرتے ہوئے کہا

دادی بی جانتی تھیں کہ نانی اماں ان معاملوں میں حد درجہ سخت واقع ہوئی ہیں۔ وہ اس بات کی مطلق روادار نہ تھیں کہ ہم کسی سے ایک پائی بھی لیں بھلے سے وہ عیدی کے ناطے ہی کیوں نہ ہو۔ جب دادی بی مطمئن ہو گئیں تو انھوں نے بڑے رازدارانہ لہجے میں پوچھا" اچھا بی بی یہ بتا تو ان چار آنوں میں کیا کیا خریدے گی۔"

یہ سوال مجھے گڑبڑا گیا۔ مجھے اچھی طرح یاد تھا کہ نانی اماں نوکر کے ہاتھ میں دو آنے دیکر ڈھیروں سودا لانے کو کہا کرتی تھیں اور وہ زمانہ اس قدر سستے کا زمانہ تھا کہ تھیلا بھر سودا لانے کے باوجود بھی نوکر دو تین بچے ہوئے پیسے نانی اماں کے ہاتھ میں تھما دیا کرتا تھا۔ چار آنے میں تو ایک دنیا آسکتی تھی۔ اگر گڑیا کا بیاہ ہی رچانے بیٹھ جاؤں تو ڈھیروں چاول، شکر، گھی میوے، پھر گوشت سبزیاں کیا کیا نہ خرید سکوں گی۔ پوری بارات کھانا کھا کر اُٹھ جائے گی تب بھی چیزیں باقی بچ جائیں گی۔ میری سمجھ میں قطعی نہیں آ رہا تھا کہ آخر اس خزانے کو کس طرح خرچ کر پاؤں گی۔ بس جی چاہ رہا تھا، جلد سے جلد دادی بی کے چنگل سے نکل بھاگوں اور جس طرح بن پڑے اس دولت

ٹھکانے لگادوں ـــ اس خیال کے آتے ہی پہلے تو میں نے کچھ شک و شبہ سے دادی بی کے چہرے کو دیکھا اور پھر تیزی سے مٹھی بند کرکے چپ چھٹ سے ایکدم باہر بھاگی۔ مجھے اپنے پیچھے دادی بی کی محبت اور ہنسی سے بھری آواز سنائی دی ـــ "ڈرتی ہے کہ کوئی اس کی رقم ہتھیا نہ لے۔"

اور حقیقت بھی یہی تھی۔

گھر آنے پر میں اور نئے نئے وسوسوں میں الجھ گئی۔ آخر میں کس طرح یہ رقم خرچ کرسکتی تھی۔؟

یوں نہیں ـــ میں نے سوچا۔ گھر سے ملی ہوئی جو دکان ہے وہیں چل کر سوچتے ہیں۔ اچھی اچھی چیزیں دیکھ کر خود ہی سوجھ جائے گا کہ کیا کیا لیا جائے۔ کیا نہ لیا جائے

دوسرے دن جب نانی اماں اپنے کاموں میں مصروف تھیں، میں آنکھ بچاکر گھر سے نکلی اور سیدھی کونے والی دکان پر جا پہنچی ـــ ایک انگلی دانتوں تلے دبائے بڑی دیر تک محویت کے عالم میں دکان کا جائزہ لیتی رہی کئی گاہکوں سے نمٹنے کے بعد آخر دکان دار مجھ سے مخاطب ہوا۔ "تمہیں کیا چاہیئے بی بی ـــ ؟"

میں ہڑبڑا سی گئی ـــ" وہ کونے میں جو گڑیا ہے وہ چاہیئے ـــ"

دکان دار نے گڑیا نکال کر سامنے رکھ دی اور پھر پوچھا" اور کیا چاہیئے؟"

"اور گڑیا کے گلے کے لیئے مالا ـــ موتیوں والی ـــ"

"چلیئے یہ قصہ بھی تمام ہوا ـــ" دکان دار خوش دلی سے مسکرایا

"اب بتائیے ـــ"

"کاجو۔"

اور — ؟

"وہ کھٹی میٹھی گولیاں۔"

"اور — ؟"

"میں نے جھجک کر کہا رنگین پنسل۔"

"اور — ؟"

میں نے کچھ غیر یقینی نگاہوں سے سامان کے ڈھیر کو تاکا — اتنا کچھ خرید لیا اور یہ دکاندار ابھی تک اور اور کہے جا رہا ہے۔ میں نے مطمئن ہو کر کہہ دیا — "بس — اب بس —"

دکان دار نے سامان کا بنڈل بنا کر میرے ہاتھوں میں تھما دیا اور ساتھ ہی بچے ہوئے چھ پیسے بھی میرے ہاتھ میں رکھ دیئے۔

اب میری سمجھ میں آیا کہ دادی بی کیوں پوچھ رہی تھیں کہ بتا بی بی تو ان چار آنوں میں کیا کیا خریدے گی — تو کیا دادی بی نے واقعی اس قدر رقم حوالے کر دی تھی — ؟ ایک دم سے دادی بی مجھے قصے کہانیوں والی مہربان پری لگیں جو خوش ہو کر جو جی میں آتا بخش دیا کرتی۔

میں خوشی سے لدی پھندی گھر لوٹی — سامنے ہی نانی اماں کھڑی مرغیوں کو دانہ ڈال رہی تھیں۔ میرے پاؤں ٹھٹک گئے اب تو خوب پٹائی ہوگی — لیکن میری حیرت کی انتہا نہ رہی جب سارا قصہ سننے کے بعد نانی اماں کی آنکھیں خود آنسوؤں سے بھر گئیں اور وہ بھرائی ہوئی آواز میں بولیں — "بڑی نیک بخت بی بی ہے — خدا دونوں جہان میں اس کی نیکیوں کا صلہ دے گوشت

پوست سے نہیں محبت سے بنی ہوئی عورت ہے راحت بوا۔"

نانی اماں کے ان الفاظ سے میرے دل میں دادی بی کی محبت اور قدر دوگنی تگنی ہوگئی۔

اگلی عید پر بھی ہم دادی بی سے ملنے گئے وہ اسی تپاک سے ملیں جیسے سال بھر ملتی رہتی تھیں۔ اور اس عید پر بھی انھوں نے وداع کرتے ہوئے اپنی بوسیدہ تھیلی میں سے چونی نکال کر دی اور اسی رازدارانہ لہجے میں پوچھا۔

"بتا بی بی ان چار آنوں میں تو کیا کیا خریدے گی۔؟"

کتنے سال ایک ایک کر کے یونہی گذر گئے۔ زمانے کے انداز بدلتے رہے۔ مہنگائی بڑھتی رہی۔ پھر جنگیں ہوئیں۔ دنیا کے نقشے بدلے۔ ہندستان پاکستان آزاد ہوئے۔ ایک نئی دنیا کی داغ بیل پڑی اور ہم بھی اپنے آبائی وطن کو چھوڑ کر پردیس میں آبسے۔ اتنیک زندگی میں کوئی لمحہ خوشی کا میسر نہ آیا تھا وہی غربت وہی تنگی وہی حالات۔ سوچا تھا کہ نئی جگہ شائد نیا آب ودانہ بدلے گا۔ لیکن قسمتیں بھی کبھی بدلا کرتی ہیں؟ پردیس آکر مصیبتوں کی داستان اور بھی دردناک اور طویل ہوگئی۔ عید آتی تو اور بھی یاد آتا کہ کس طرح دادی بی چار آنے دیا کرتی تھیں جو ایک مدت کی خوشی کا سامان ہو جاتے تھے۔ پردیس آکر اس دولت سے بھی محرومی ہوگئی۔ پھر کچھ سال اور گذرے ــــ اور زمانہ اس تیز رفتاری سے بدلا۔ اور مہنگائی یوں بڑھی کہ چار آنے تو کیا چار روپے بھی حقیر رقم معلوم ہونے لگی۔ بچپن میں سال بھر عید کا انتظار واقعی عید کی طرح رہتا تھا۔ اب عید آتی تو سادے دن کی طرح یوں ہی گزر جاتی ــ لیکن یہ ضرور تھا کہ کسی عید کو دادی

تی کی یاد نے ساتھ نہ چھوڑا۔

وقت نے ایک اور بھرپور انگڑائی لی اور میری شادی ہوگئی۔ گویا زندگی بھر کی تمام کلفتوں، مصیبتوں کا خاتمہ ہوگیا۔ یہ یقین پختہ تر ہوگیا کہ خدا مصیبت کے بعد راحت اور خزاں کے بعد بہار ضرور دیتا ہے۔ میرے شوہر بڑے بزنس مین تھے۔ روپے پیسے کی کوئی قدر ہی نہ تھی۔ جنت کا ہمارے ذہنوں میں یہی تصور ہے نا کہ جس چیز کی تمنا کرو، آموجود ہوتی ہے۔ تو مجھے جیتے جی گویا جنت مل گئی تھی۔ پھر جب خدا نے اس چمن میں ایک نوشگفتہ کلی اور پھر ایک پھول بھی کھلا دیا تو زندگی سچ مچ ہی بہاروں اور جنت کا حقیقی روپ ہوگئی۔

دنیا وہی تھی۔ یقیناً دنیا کی مشکلات بھی وہی ہوں گی۔ لیکن میرا یہ حال تھا کہ کبھی ایک گاڑی ایک سال استعمال کرلی اور اس سے جی بھر گیا تو یوں نئی خرید لی جیسے بیس ہزار کی نہ ہو بیس روپے کی بات ہو۔ شہر اور میدان میں رہتے رہتے جی اوب گیا تو پہاڑوں پر گرمیاں گزارنے چلی گئی۔ تقریباً ہر ہل اسٹیشن پر ذاتی گھر انھوں نے خرید رکھے تھے اور ویسے بھی رہنے کے لئے بمبئی جیسے شہر میں اتنی بڑی کوٹھی تھی کہ چلتے چلے جاؤ مگر کوٹھی ختم نہ ہو۔ اب عید آئی تو ان ہنگاموں کے ساتھ کہ خریداری شروع ہوتی تو ختم ہونے ہی میں نہ آتی اور گھر یوں بھر جاتا کہ لگتا کہ دکانیں کی دکانیں گھر میں لا ڈالی ہیں۔

اس طرح چند سال اور گزرے اور پھر اچانک ایک موقع ایسا آیا کہ مجھے برسوں بعد وطن عزیز میں عید منانے کا موقع ملا۔ جب ہم

اپنے آبائی مکان میں اترے تو ایسا لگتا تھا کہ یہ گھر نہیں روحوں کا ویران مسکن ہے۔ محلے ٹولے کے پرانے لوگ جانے کدھر جا بسے تھے۔ لے دے کے گھر میں پرانے وقتوں کا بوڑھا مالی رہ گیا تھا جو سرِ شام ہی ننھا سا میلا دیا جلا کر راہداری والے طاقچے میں رکھ دیتا۔ پرانے دن، پرانی باتیں، گزری ہوئی گھڑیاں یاد آ کر دل کو جیسے مسوسنے لگیں۔ شہر بڑے بڑے ہوٹلوں اور بڑے بڑے ریسٹورانوں سے بھرا پڑا تھا۔ یہ کیا ضرور تھا کہ ہم اسی مزار جیسی ویران حویلی میں عید مناتے۔ لیکن میں نے سوچا پرانی یادوں کو تازہ کر لینے میں حرج ہی کیا ہے۔

جب وہ عید کی نماز پڑھ کر لوٹے تو میں سراپا، بہار بنی کھڑی تھی

"اوہ —— یہ ٹھاٹ ہیں!" انھوں نے پیار سے چھیڑا۔ قیامت نظر آ رہی ہو۔ کہاں کی تیاری ہے؟"

میں نے اپنے آپ پر نظر ڈالی —— یہ ساڑی گیارہ سو میں انھوں نے خاص طور سے مجھے عید پر پہننے کے لئے دلائی تھی۔ یوں چمکتی جگمگاتی مانو آگ لگی ہے۔ کانوں میں ہیروں کے دمکتے ہوئے لانبے لانبے جھمکے ہاتھوں میں ساڑی سے میل کھاتی زمرد کی اصلی چوڑیاں، گلے میں جڑاؤ ہار۔ ناک میں تارے کی طرح جگ مگ ننھی سی لونگ۔ انگلیوں میں انھوں کی طرح بھرپور انگشتریاں اور پیروں میں نازک نازک چپلیاں جو سونے کے تاروں سے بنی ہوئی تھیں۔

میں نے دل ہی دل میں خدا کا شکر ادا کیا اور ہنس کر بولی "تیاری؟"

ہاں تیاری ہے تو سہی اور ایک بہت اہم ہستی سے ملنے کی ہے۔"

میں بچّوں کی سی معصوم خوشی سے بولی ۔ "آپ سن بھی لیں تو اس کی اہمیت کو نہ سمجھ پائیں گے ۔" پھر قدرے رک کر بولی "وہ میری دادی بی ہیں ۔"

تمہاری دادی بی ۔ ؟ وہ حیرت سے بولے "مگر جہاں تک مجھے یاد پڑتا ہے تمہاری دادی بی کے انتقال کو تو ایک مدت ہو چکی ہے ۔"

"ہاں لیکن یہ دادی بی سدا میری رگ جاں سے بھی قریب رہی ہیں ۔ آپ ملیں تو سہی پھر کہیئے گا کہ ایسی محبت والی ہستیاں صرف کتابوں میں ملتی ہوں گی ۔ ۔ اس دنیا میں تو مثال ناممکن ہے۔

انھوں نے حیرت سے مجھے دیکھا اور بنا کچھ کہے گاڑی کا دروازہ کھول دیا۔ ہماری لمبی کار زن کر کے ایک بوسیدہ سے مکان کے پاس سے گزری اور میں نے چلا کر کہا "بس بس ۔ روک دیجیئے ۔ یہی میری دادی بی کا گھر ہے ۔" کار ایک نرم جھٹکے کے ساتھ رُکی اور کار کے رکتے ہی بہت سارے بچے بھی وہاں آ کر کھڑے ہو گئے اور حیرت سے گردنیں اونچی کر کے دیکھنے لگے۔

میں جیسے ہی گھر میں داخل ہوئی ایسا لگا جیسے کسی محل سے نکل کر ماچس کی ڈبیا میں بند ہو گئی ہوں ۔ ایک پرانی سی بُو نے میرا استقبال کیا اور ہلکے ہلکے اندھیرے سے جب میری آنکھیں مانوس ہو گئیں تو میں نے دیکھا کہ کونے میں ایک مڑی تڑی گٹھڑی سی پڑی ہے۔

"کون ہے ۔ ؟" پاؤں کی چاپ سن کر ایک کمزور سی آواز نے سر اٹھایا ۔

"ارے یہ دادی بی ہیں ۔" میں نے دکھے دل سے سوچا۔ بڑی ہمت جمع کر کے میں نے آواز نکالی ۔ "دادی بی میں ہوں ۔ آپ کی بی بی۔"

یوں جیسے ذہن پر زور ڈال کر انھوں نے سوچنا شروع کیا ہو ۔ پھر انھوں نے خوشی سے لرزتی آواز میں اپنے ہاتھ پھیلا دیئے ۔" اری بی بی تو ۔ ؟ آمنہ بوا کی نواسی ہے نا تو ۔ ؟ گویا انھوں نے یقین کر لینا چاہا ہو ۔

"ہاں دادی بی میں ہی ہوں" ۔ آپ مجھے بھول گئیں ۔!؟"

شرمندگی کے ہلکے سے غبار میں لپٹی اور دکھ میں ڈوبی آواز میں وہ بولیں " نہیں بی بی تو کوئی بھولنے جیسی چیز ہے ۔ مگر برس بھی کتنے گزر گئے کم بخت آنکھیں بھی تو جاتی رہیں ۔"

میرے دل پر ایک گھونسہ سا پڑا ۔ میں سہم کر بولی ۔ "دادی بی آپ کو نظر نہیں آتا ۔ ؟"

"نہیں بی بی ۔ بس اب تو آنکھوں کے آگے مستقل رات کا سا منظر ہے ۔ اندھیرا ہی اندھیرا ۔ وہ ذرا ہنس کر بولیں ۔" اور بی بی اب دنیا میں دیکھنے کے لئے رہ بھی کیا گیا ہے ۔ اپنے بیگانے ایک ایک کر کے مر کھپ گئے ۔ یا پاکستان چلے گئے ۔ مگر اتنے دنوں میں آج دل چاہ رہا ہے کہ آنکھیں ہوتیں تو اپنی بی بی کو ایک نظر دیکھ لیتی ۔ تیری شادی دادی ہو گئی یا نہیں بی بی ۔" وہ محبت سے پوچھ رہی تھیں ۔

میں دکھ اور شرم سے بوجھل آواز سے بولی "جی ہاں دادی بی ہو گئی ۔"

"بچے وچے ہیں ۔ ؟"

"ایک لڑکا ایک لڑکی ہے۔"
"ساتھ نہیں لائی ___"
"نہیں دادی بی بمبئی میں گھر پر ہی ہیں۔"

"چلو اچھا ہوا ___" وہ سکھ کی سانس لے کر بولیں۔ بن ماں کی بچی تھی ٹھکانے سے بیٹھ گئی ___" ایک دم جیسے انھیں کچھ یاد آیا۔ وہ مجھے ہاتھوں سے ڈھونڈتی ہوئی بولیں ___" پر میرے لئے تو تو ابھی بھی بچہ ہی ہے۔ اب تو کچھ سوجھتا بھی نہیں ورنہ تیری کنگھی تو بھی کر دیتی۔ آج عید کا دن ہے نا۔ ہر عید کو تیرے بال سنوارا کرتی تھی یاد ہے نا ___"

میں نے گردن سے اونچائی پر بندھے اپنے بڑے سے جوڑے کو محسوس کیا، جس میں چمپا کرن کا سونے اور موتیوں کا کلس جگ مگ کر رہا تھا اور سہم کر بولی" دادی بی اب تو میں بہت بڑی ہو چکی ہوں ___"
"ہاں بی بی پر میرے لئے تو تو آج بھی وہی ننھی سی بچی ہے جو میرے ہاتھوں کے بنے نوالے کھا کر میرے بستر میں ہی سو جایا کرتی تھی ___" ایک دم انھوں نے بے بسی سے اِدھر اُدھر دیکھ کر کسی کو پکارنا شروع کیا "اری زینو ___" او زینو ___ کچھ سوئیاں میٹھا ہو تو یہاں لے جا ___ میری بی بی آئی ہے ___"
شاید وہ اپنی پڑوسن کو آواز دے رہی تھیں۔

ہائے یہ مجبور بڑھاپا ___ اور یہ محبت! میرا دل اندر سے رو اُٹھا، میں خود کو سنبھال کر بولی ___" آپ تکلیف نہ کیجیے دادی بی۔ مجھے

بالکل بھوک نہیں ہے ــــ بس آپ میٹھی باتیں کیجیئے آپ سے ملے اتنے دن ہو گئے کہ جی چاہتا ہے ۔ بس آپ سے باتیں کئے جاؤں۔"

"ہاں بی بی ــــ" وہ دکھ سے بولیں ــ "اب تو بڑی ہو گئی تو عقلمند بھی ہو گئی ــ کوئی میرے پکارنے پر پلٹا نہیں تو تو نے کہہ دیا کہ بھوک نہیں ــ میں کیسے مان لوں کہ تجھے بھوک نہیں ــ"

ماحول اس درجہ دردناک ہو گیا تھا کہ مجھے اپنے آنسو روکنا دو بھر ہو گیا تھا ــ کتنی ہی دیر خاموشی چھائی رہی ــ مانو جگ بیت گئے ہوں ۔ پھر میں خود کو سنبھال کر بولی ــ "دادی بی یہاں تو آپ کی دیکھ ریکھ کرنے والا بھی کوئی نہیں ۔ آپ میرے ساتھ میرے گھر کیوں نہیں چلتے نا ۔"

وہ کرب ناک انداز سے مسکرائیں ــ "بی بی جانے والی ہوتی تو پاکستان نہ چلی گئی ہوتی ــ ایک ایک نے خوشامد کی مگر مجھے میری مٹی عزیز ہے ۔ اب تھوڑے دن رہ گئے ــ کہاں جاتی پھروں گی ــ بس خدا عزت سے اٹھا لے ــ یہی دعا ہے ــ" پھر وہ کچھ یاد کر کے بولیں ــ "تیری نانی تو اچھی ہیں بی بی ــ"

"ہاں دادی بی ــ وہ بھیا کے پاس رہتی ہیں ــ"

جس درو دیوار کے سائے تلے اور جس محبت بھری آغوش میں، میں ہمیشہ ایک سکون پایا کرتی تھی آج وہیں مجھے کانٹوں کی سی چبھن محسوس ہو رہی تھی ــ اک درد سا دل میں اٹھ رہا تھا ــ جی چاہ رہا تھا چیخ چیخ کر رو ڈالوں مگر آنسو بھی جیسے مونہہ چھپا کر کہیں بیٹھ گئے تھے

"اچھا دادی بی اب میں چلوں ــ" بڑی دیر بعد بڑی ہمت باندھ

کر اتنا جملہ کہہ سکی۔

"اچھا۔ خدا تیرا نگہبان ہو بی بی۔ وہ ٹوٹی ٹوٹی آواز سے بولیں۔ اک دم انھوں نے مجھے ہاتھ کے اشارے سے روکا۔ مگر ذرا ٹھہر۔ اپنی عیدی تو لیتی جا۔" اتنا کہہ کر انھوں نے ٹٹول ٹٹول کر اپنی بوسیدہ سی تھیلی کمر سے نکالی، اور اس کے اندر بہت دیر تک انگلیاں گھنگھولنے کے بعد ایک سکہ نکال کر مجھ سے تصدیق چاہی۔

"بی بی دیکھ تو ذرا یہ چونی ہی ہے نا۔"؟

میں ایک لفظ بھی نہ کہہ سکی۔ پھر انھوں نے اٹکل سے میرا ہاتھ تھاما اور میری بند ہتھیلی کھول کر چونی اس میں رکھ کر پھر سے مٹھی بند کر دی، اور بڑے ہی رازدارانہ لہجہ میں پوچھنے لگیں۔" اچھا بی بی یہ تو بتا تو ان چار آنوں میں کیا خریدے گی۔ ؟

پہلی بار میں نے خدا کا شکر ادا کیا کہ دادی بی کی آنکھیں چلی گئی ہیں ورنہ اگر دادی بی یہ دیکھ لیتیں کہ میرے جسم پر ہزار بارہ سو کی ساڑی ہے، بدن زیورات سے بوجھل ہے۔ سر پہ سونے کا کلس جگ مگ کر رہا ہے اور میں بڑی سی کوٹھی سے اٹھ کر اتنی لمبی چوڑی کار میں بیٹھ کر ان سے ملنے آئی ہوں کہ سڑک کار سے یہاں سے وہاں تک بھر گئی ہے۔ تو تو ۔ تو، تو۔

اب ضبط کی ہر حد ختم ہو گئی تھی، میں ننھے بچوں کی طرح کھلے دل سے چیخ چیخ کر رونے لگی۔ محبت کا وہ عظیم عطیہ وہ چونی جو لاکھوں خزانوں پر بھاری تھی۔ میری ہتھیلی پر لرز رہی تھی۔ میں نے اپنی مٹھی اپنے سینے سے لگا لی۔

" دادی بی — میں ان چار آنوں سے کچھ بھی نہیں خریدوں گی میں ان چار آنوں کو کبھی خرچ نہیں کروں گی — کیونکہ یہ تو وہ عظیم رقم ہے کہ چاہوں تو اس سے ساری دنیا خرید لوں، لیکن یہ کیسے گوارا کر پاؤں گی کہ اس دولت کو خود اپنے ہاتھوں سے کسی اور کو دیدوں یہ چوّنی کسی دکاندار کے ہاتھ میں نہیں جائے گی، دادی بی — یہ سدا میرے دل میں تعویذ بن کر رہے گی۔

میں نے یہ سب کہنا چاہا — لیکن آنسوؤں کی تیز بوچھار میں الفاظ ساتھ نہ دے سکے۔

سکھی سہیلیاں مجھ سے چھیڑ سے پوچھتی ہیں — یہ کیا اپنے پریتم کی تصویر اس میں سجا رکھی ہے جو کبھی اس لاکٹ کو گلے سے الگ ہی نہیں کرتی — ؟

لیکن میں یہ سوچ کر جواب دیتے دیتے رہ جاتی ہوں کہ اگر میں نے بتا بھی دیا کہ اس لاکٹ میں میں نے کیا سجا رکھا ہے تو سننے والے کیا واقعی یقین کر لیں گے — ؟ —

ساحل اور طوفان

"اُف میرا دم نکلا جارہا ہے —" زہرہ بدحواس کچن سے نکل کر ڈرائنگ روم میں آئی اور گھبرا کر بولی "ہوا کیا —؟"

رفیق صاحب برہمی سے بولے —" ابھی اور پوچھنا باقی ہے کہ ہوا کیا — محترمہ بھوک سے میرا دم نکلا جارہا ہے — ادھر آفس کا ٹائم بھی ہوگیا ہے — اور آپ ہیں کہ ....."

زہرہ ناگواری سے بولی — "لیکن ایسا بھی کیا چلانا کہ دوسروں کے ہاتھ پاؤں ہی پھول جائیں —"

رفیق صاحب نے ذرا بھنّا کر بیوی کو دیکھا بولے" میں چلاتا ہوں؟ یعنی کہ فضول ہی چلاتا ہوں نا؟ اور خود ذرا یہ نہیں سوچتیں کہ آخر میرا کون سا کام وقت پر ہوتا ہے —"

زہرہ کی آنکھوں میں بے بسی کے آنسو چھلک آئے — آپ کا یہی مطلب ہے نا کہ میں پھوہڑ ہوں، بد سلیقہ ہوں۔ کچھ کرتی کراتی نہیں، دن بھر آرام سے پلنگ توڑتی پڑی رہتی ہوں.....“

رفیق بے چارے اس بے موسم کی برسات سے قدرے بد حواس ہو گئے — یہ رونا دھونا کس بات پر بھئی — ایک تو غلطی اوپر سے ہمیں ڈراتی بھی ہیں —“

”جی ہاں — میں تو ہوں ہی ایسی — آپ دوسری شادی کیوں نہیں کر لیتے — جو آپ کو بے حد آرام دے، بے حد خیال رکھے —“

”تو آپ سمجھتی ہیں کہ ایک شادی سے مجھے سبق نہیں ملا جو دوسری بار بھی پھانسی پر چڑھ جاؤں .....“

یہ وار زہرہ سے برداشت نہ ہو سکا — ”پھانسی؟ آپ اتنی پیاری زندگی کو پھانسی کہتے ہیں کون سی نعمت اور راحت ہے جو آپ کو اس گھر میں میسر نہیں — اور اور....“ وہ سسکیوں کے درمیان پھانسی کی گردان کرنے لگی — آپ سا ناشکرا شائد ہی اتنی بڑی دنیا میں کوئی ہو۔“

یہ وار رفیق کی برداشت سے باہر تھا۔ تنک کر بولا ”میں ناشکرا ہوں؟ یعنی کہ مجھے اس گھر میں ہر نعمت اور راحت میسر ہے۔ اور پھر بھی پاگل ہوں جو چڑچڑاتا پھرتا ہوں۔ مجال ہے جو آفس جانے اٹھوں اور کوئی چیز جگہ پر مل جائے۔ ٹائی جوتوں کے اندر ملتی ہے۔ موزے ہینگر پر — شرٹ مسہری کے نیچے پتلون میز پر، پن کی کیپ غائب ہے۔ تو کبھی میرا فائل کچن سے دستیاب ہو رہا ہے چلو بھئی اتنا سب کر کرا کے کھانے پر بیٹھو تو .....“ انھوں نے

قدرے ڈر کر ترچھی نگاہوں سے زہرہ کو دیکھا اور جملہ ہی ادھورا چھوڑ دیا۔

"ہاں ہاں کہئے نا، رک کیوں گئے ۔ اب کھانے میں عیب نکالئے۔"

وہ ایک دم تیکھی ہو گئی، کمر پر ہاتھ رکھ کر بے حد غصے سے بولی۔

"حضور چار چار بچوں کی ماں اور آپ جیسے شوہر کی بیوی ہو کر جو اتنا کر لے وہی غنیمت سمجھیئے ۔ آپ کو پتہ بھی ہے دن بھر کیا کیا گزرتی ہے مجھ پر؟"

رفیق صاحب پہلوانوں کے سے انداز میں میدان میں کود ے۔

"اچھا محترمہ یہ بتائیے کہ آپ دن بھر کیا کرتی ہیں ؟" زہرہ اس درجہ حقارت سے ہنسی کہ رفیق کا پارہ انتہائی ڈگری پر پہنچ گیا۔

جو بھی کرتی ہوں آپ اگر ایک بھی دن کر کے بتا دیں تو ساری زندگی غلامی میں بتا دوں ۔"

"اچھا ؟" رفیق صاحب بناوٹی حیرت سے بولے "بڑا ارادے ہیں آپ کے ! محترمہ سے کچھ ہوتا ہواتا نہیں، اور خواہ مخواہ سے کے بے چارے بچوں کو بدنام کرتی پھرتی ہیں۔ بندہ یوں چٹکی بجاتے میں سارے کام سنبھال لے۔ اور پھر خالی کا خالی، ۔"

"رفیق صاحب" زہرہ متانت سے بولی "ساحل سے کبھی اندازہ طوفان نہیں ہوتا ۔ اس سمندر میں بس ایک غوطہ ہی لگانا کافی ہے۔"

"اچھا ۔" رفیق صاحب ذرا تن کر بولے ۔ اتنا مشکل کام ہے گھرداری ۔۔۔ ؟ ۔

"جی ہاں آفس میں بیٹھ کر قلم چلانا اور بات ہے اور دن بھر گھر رہ کر چولھا چکی سنبھالنا بچوں سے، نوکر سے نپٹنا اور میاں کی برابری کرنا قطعاً

اور — یہ آپ سوچ سکتے بھی نہیں تو کریں گے کیسے — ؟"

"اچھا — ؟" رفیق تنک گئے — یہ سراسر ان کی مردانگی کو چیلنج تھا — "میں سوچ بھی نہیں سکتا —"

"جی ہاں — " زہرہ تھکن سے بھاری آواز میں بولی — بہت مشکل ہے — بہت مشکل ہے۔ پھر اتنا بڑا اسٹیٹ سنبھال کر ہر کام نبھانا تو اور مصیبت ہے۔"

"اچھا — ذرا آپ اپنے کاموں کی فہرست تو سنائیے تاکہ ہمیں بھی پتہ چلے کہ آپ کتنے پانی میں ہیں۔"

"زہرہ جل گئی — "کیوں آپ صبح سے شام تک مجھے گھانی کے بیل کی طرح جتا ہوا نہیں دیکھتے جو یہ سوال کر رہے ہیں۔ پھر بھی آپ کو یقین نہیں آتا تو سنیئے — صبح اٹھ کر سب سے پہلے چار بچوں کا مونہہ دھلانا اور نہلانا، بڑے دو بچوں کو اسکول بھجوانا، پھر ناشتہ لگوانا، بچوں کی بس جلدی سے آگئی تو ناشتہ ساتھ ہی کر دینا۔ پھر کھانا ساتھ بھجوانا۔ پھر آپ کا ٹفن بھجوانا — تین بجے مارکٹنگ کو جانا۔ (یہاں پہنچ کر رفیق صاحب دیدے پٹ پٹانے لگے) واپسی پر چائے تیار کرنا — اتنے میں بچوں کی واپسی کا وقت ہو جاتا ہے۔ ان کے لئے ہلکا ناشتہ تیار کرنا — سب بچوں کو تیار کر کے پارک بھجوانا۔ (رفیق صاحب نے بے ہوش نہ ہونے کی کوشش میں طنزیہ مسکرانا شروع کر دیا۔) پھر شام کو خانساماں کو رات کے کھانے کے لئے ہدایت دینا .. پھر ...."

یہاں رفیق صاحب اُبل پڑے ۔ کیا پھر پھر لگا رکھی ہے محترمہ

کیا مجھے پتہ نہیں کہ آخر گھر میں کیا کیا کام ہو سکتے ہیں ۔ چلیئے ایک ہفتے کے لئے گھر کا سارا انتظام ہمارے ذمے ۔

"امتحان ۔ ؟ زہرہ شرارت سے بولی ۔

"ایک ہفتہ کی چھٹی رکھی ہوئی تھی اسے نکال لیں گے۔" وہ بالکل یقین سے بولے

"مگر مجھے شک ہے ۔" زہرہ ہنس کر بولی ۔

"کیسا شک ۔"

"کہ آپ گھرداری ہفتہ تو خیر بڑی بات ہے، ایک دن بھی سنبھال نہ سکیں گے ۔" دراصل یہ کہ آپ چھٹی تو ہفتہ بھر کی ضرور نکال لیں گے ۔ لیکن ایک دن کام کرکے آپ اتنے تھک جائیں گے۔ کہ باقی کے سات دن صرف آرام کرنے میں گزار دیں گے ۔"

"دیکھو جولی تم مجھے بن بات غصہ مت دلاؤ اور خواہ مخواہ اپنے آپ کو اہمیت مت دو ۔ کل کا دن گزر جانے دو ۔ تمہاری اہمیت خود تم پر ظاہر ہو جائے گی ۔ اور پھر زندگی بھر مجھ سے منہ چھپاتی پھرو گی ۔"

زہرہ نے اتنا زوردار قہقہہ لگایا کہ رفیق صاحب بیٹھے بیٹھے ڈر سے گئے دوسرے لمحے بیحد غصہ سے بولے ۔

"اچھا یہ بات ہے نا ؟ کل سے آپ دن بھر اپنے کمرے میں آرام فرماتی رہیئے ۔ ویسے بھی آپ کا نواں ماہ چل رہا ہے ۔ آرام کی ضرورت ہے ۔ بندہ سب کچھ نپٹ لے گا ۔"

زہرہ سعادت مندی سے سر جھکا کر بولی "جیسی حضور کی مرضی ۔"

رفیق صاحب کو دن چڑھے سو کر اٹھنے کی عادت تھی۔ سوچا پتہ نہیں آنکھ کھلے یا نہ کھلے۔ بہتر ہے الارم لگا کر ہی سوئیں۔ صبح ہی صبح ٹرن۔ ٹرن کی کرخت آواز نے ان کی نیند تباہ کر دی۔ اور ساتھ ہی موڈ بھی۔ ابھی زہرہ کے نام سے چلانے کا سوچ ہی رہے تھے کہ خیال آیا کہ آج تو شرط کا دن ہے۔ پہلا دن اور یہ کہ میٹھی نیند توڑ کر خود انھیں ہی جگنا ہے۔ اور بیوی بچوں کے ناشتہ پانی کا بندوبست کرنا ہے۔ رضائی کو ایک لات ماری اور اللہ کا نام لے کر اٹھ بیٹھے

"مم۔ ممی دو۔ دو۔"

ارے یہ صبح ہی صبح دو دو کی طلب کیسے آن پڑی۔" سر گھما کر دیکھا تو سب سے ننھی بچی دودھ کے لئے رو رہی تھی۔ خیر جب اوکھلی میں سر ڈال ہی دیا تھا تو موسلوں کی کون گنتی۔؟ اٹھے اور سیدھے کچن میں دوڑے دیکھا تو دودھ ہی غائب۔ خانساماں بیٹھا اونگھ رہا تھا پوچھنے پر پتہ چلا کہ وہ تو ابھی ابھی کام پر آیا ہے۔" دودھ والا سویرے سویرے پانچ بجے ہی بوتلیں دے جاتا ہے جو میم صاحب ہی اٹھ کر لیتی ہیں آپ جانیں ہم تو ابھی آئے ہیں۔" پتہ چلا کہ چونکہ زہرہ کو ہر ہر کام سے منع کر چکے تھے۔ اس لئے اس نے بھی دودھ نہ لیا۔ دودھ والا دروازہ پیٹ پیٹ کر یونہی واپس چلا گیا۔ ناچار خانساماں کو دودھ کے لئے پیسے دے کر بھجوانا پڑا۔ اس عرصے میں ننھی سنگیت میں نئے نئے اضافے کرتی رہی کہ ایک بار تو میاں تان سین بھی ہوتے تو پیچھے پڑ جاتے۔ دودھ آیا۔ یہ غنیمت تھا کہ زہرہ گیس کا چولھا استعمال کرتی تھی ایک سکنڈ میں چولھا جل گیا۔ دودھ کو ابال لیا۔ یونہی بوتل میں بھرا۔ تڑ سے بوتل ٹکڑے ٹکڑے ہو گئی۔ خانساماں نے بیٹھے بیٹھے چترائی جتائی

"صاب آپ نے ٹھنڈا تو کیا ہوتا ۔ گرم چیز سے کانچ کیسے نہ چٹخے گا ۔۔۔ ؟"

خانساماں کو پھر سے بوتل کے لئے دوڑایا گیا ۔ بڑی مشکل سے نپل ٹھونس ٹھونس کر جو ننھی کو دودھ پلانے بیٹھے ہیں تو ایک گھونٹ بھر کر ہی منہ پھیر لیا ۔ اور وہ رونا شروع کیا کہ رفیق صاحب کے ہاتھ پاؤں ٹھنڈے پڑ گئے ۔

"صاحب آپ نے شکر چھوڑی تھی کہ نہیں ۔ ؟" خانساماں وہیں سے چلائے ۔۔ ان کے دم کو غنیمت سمجھ کر بھاگم بھاگ پھر الماری تک پہنچے ، شکر ملائی تب کہیں جاکر ننھی چپ ہوئی ۔

اتنے میں دوسرے تین بچے اٹھ چکے تھے اور اپنے اپنے بستروں پر منتظر تھے کہ ممی آئے اور چمکار کر انھیں اٹھائے ۔۔ مگر آج تو ممی کا دور دور تک پتہ نہ تھا ۔ پپا آئے ، اجنبیوں کی طرح گھور گھور کر دیکھا اور تربیت کرنے والے انداز میں بولے ۔

" کیوں بچو منہ نہیں دھلے گا آج ۔ ؟"

بے بی منمنائی ۔۔ " وہ تو ممی دھلاتی ہیں ۔ ہمارے ہاتھ سے برش چبھ جاتا ہے نا تو دانتوں سے پون (خون) نکلتا ہے ۔"

تو مطلب یہ کہ تین تین بچوں کا منہ دھلانا ابھی باقی ہے ۔ انھوں نے پھر ہمت کسی ۔ " تو آؤ آج ہم دھلادیں ۔ تمہاری ممی کی طبیعت آج خراب ہے " گھسے مار کر جو منہ دھلایا تو تینوں نے کورس شروع کر دیا ۔ بہرحال نہلانے کا مسئلہ باقی ہی تھا ۔ لیکن اس میں انھیں کوئی تکلیف نہ دکھائی دی

۔ لیا اور سب بچوں کو ایک سرے سے ٹھنڈے پانی کے شاور کے نیچے کھڑا کر دیا ۔ سردی کے مارے بچوں کے مونہہ ہاتھ نیلے پڑ گئے ۔ تب انہیں خیال آیا کہ سردی کا موسم ہے اور یہ کہ ٹھنڈے پانی سے نہلانا خطرے کا باعث بھی ہو سکتا ہے ۔ تولیوں میں لپیٹ کر ایک ایک کو اٹھایا ۔ ساری کسر کپڑے پہنانے میں نکل گئی ۔ ایک کو بنیان پہناتے تو دوسرا جب تک شرٹ اتار پھینکتا ۔ ایک کو شرٹ پہناتے تو تب تک دوسرا چڈی اتار پھینکتا ۔ پوڈر سے ڈبے تماشا ہولی کھیلی گئی کہ نیا ڈبہ منٹوں میں خالی ہو گیا ۔ اور نیچے قالین پر پوڈر کا بستر بچھ گیا ۔ اس دوران مسلسل بچوں کا رونا جاری رہا اور رفیق صاحب کن انکھیوں سے رہ رہ کر زہرہ کے کمرہ کی طرف دیکھتے رہے کہ کہیں وہ جھانک تو نہیں رہی ہے ۔۔ ؟ اور اگر جھانک رہی ہے تو چہرے پر طنز کی چھاپ تو نہیں ہے ۔۔ ؟

اتنے میں زور زور سے بس کا ہارن بجنا شروع ہو گیا ۔ بچوں کی اسکول بس آگئی ۔۔ اور گھبرا گھبرا کر خانساماں سے کہہ رہے تھے ۔ " ارے بھئی بچوں کا ناشتہ لاؤنا ۔ ساتھ جائے گا ۔" خانساماں مزے میں بیڑی دھونکتے بیٹھے تھے ۔ وہیں سے لاپروائی سے بولے ۔ " ہم ناشتہ کہاں سے لادیں ۔ آپ نے کچھ آڈر دیا ہی نہیں تو اپنے دل سے ہی پکا لیتے ۔ ؟ میم صاب روزانہ کہہ دیتی ہیں کہ یہ پکاؤ تو ہم تیار کر دیتے ہیں ۔ ہم بھیرے نوکر دل کی مرجی کیسے چلائیں ۔"

خانساماں کا اتنا لمبا مکالمہ سنتے سنتے ان کا دل باہر نکل کر پھڑ پھڑانے لگا ۔ بہر حال بچوں کو ایک ایک روپیہ تھما دیا ۔ جسے پاتے ہی ان کے دلوں سے

ناشتہ نہ ملنے کا ملال یکسر مٹ گیا۔ اور اُچھلتے کودتے دونوں اسکول چلے گئے ۔۔ ایک لمحے کے لئے انھوں نے اطمینان کی سانس لی ۔ پیشانی سے پسینہ پونچھا اور کونہ سنبھلنے ہوئے ذرا کی ذرا آرام کرسی پر بیٹھے ہی تھے کہ دیکھا سامنے ندی بہہ رہی ہے۔ ندی کے ساتھ ساتھ آنکھ جو اٹھتی گئی تو پتہ چلا کہ اس ندی کے منبع ننھے میاں ہیں۔ جو گیلی چڈی میں سکڑے کھڑے ہیں خانساماں کو بلا کر فرش صاف کرنے کو کہا تو وہ تنک مزاجی سے بولے ۔۔" جی ہم کوئی آیا تھوڑی ہیں جو پیشاب صاف کرتے پھریں گے۔" انھیں کچن میں دفعان ہونے کا حکم دے کر سارا فرش خود ہی ہانپ ہانپ کر صاف کیا ۔ صابن سے ہاتھ دھو کر بڑے کمرے میں آئے اور گھڑی پر نظر کی تو پتہ چلا کہ ساڑھے آٹھ تو بج گئے مگر اب تک خود ان کا منہ دھلا ہے نہ بیگم صاحبہ کو چلے ہی بھجوا سکے ہیں ۔۔ جب کہ زہرہ اس وقت تک ناشتہ بھی کروا چکی ہوتی ۔ یہ اور بات تھی کہ خود ہی دن چڑھے تک اینڈتے سوتے پڑے رہیں

دونوں بڑے بچوں کو رشوت دے کر بہلا چکے تھے ۔ چھوٹی دودھ پی کر پڑے سے بھلے سے بہر حال مطمئن ہو چکی تھی۔ مگر ننھے میاں کے ناشتے کا سوال ہنوز باقی تھا۔ اور پھر دھیرے دھیرے اور پھر زور زور سے تھانہ ۔۔ تھانہ کر کے رونے لگے تھے ۔۔۔ کچن میں پہنچ کر ٹٹولنا شروع کر دیا ۔ پھر خود ہی خیال آیا کہ خانساماں کو پیسے تو دیئے ہی نہیں ۔ جب تک خانساماں انڈے اور ڈبل روٹی لائے انھوں نے خود ہی الٹا سیدھا برش مل کر مونہہ دھونے کی تہمت خود پر لگالی ۔

آدھ گھنٹہ گزر گیا ۔ انڈا تل کر اب لاتا ہے نہ جب ۔۔ چڑ کر آواز

دی تو وہ سعادت مندی سے بولے — "اب صاب ہم کیا جانیں آپ پھرائیڈ انڈا چاہتے ہیں یا خاگینہ۔ میم صاحب تو ہمیں ....."

رفیق صاحب نے لال لال دیدوں سے گھور کر آنکھیں دیکھا اور جھنا کر بولے۔

"آپ مہربانی فرما کر سب ہی انڈوں کو پھرائی کر کے لے آئیے۔"

ٹیبل پر چند جلے ہوئے انڈے اور لجلجے توسٹ تھے۔ خانساماں کے بلانے پر زہرہ آئی اور مہمان کی طرح بیٹھ گئی۔ پہلے ٹیبل کو دیکھا اور پھر میاں کو — ایک نگاہ جو بظاہر کچھ نہ تھی مگر سب کچھ تھی۔ رفیق صاحب جل کر رہ گئے۔ مگر کچھ نہ کہہ سکے۔ کہتے تو اپنی رسوائی ہوتی۔ ابھی تو دس بھی نہیں بجے تھے۔ اور پہاڑ جیسا دن بھی باقی تھا۔

آج اتنا دن چڑھ گیا تھا۔ اور انھیں اخبار دیکھنے تک کی مہلت نہ ملی تھی جب کہ روزانہ اس وقت تک وہ ایک ایک حرف چاٹ جایا کرتے تھے۔ ابھی اخبار کا پہلا صفحہ کھڑکھڑانے کی نوبت بھی نہ آئی تھی کہ پرلے کمرے سے نھی اور منے کی بے پناہ چیخوں کی آواز نے انھیں دہلا دیا۔ پہنچے تو پتہ چلا کہ ان کی آفس کی جو بے حد ضروری فائل تھی۔ خود انھوں نے ہی غلطی سے نیچی ٹیبل پر رکھ دی تھی اور لڑائی اس بات پر ہو رہی تھی کہ انتہائی ضروری اور اہم کاغذات کو پھاڑ پھاڑ کر صرف اکیلا منا ہی کشتیاں بنا رہا تھا۔ اور نھی کو اس میں کسی قسم کی پارٹنر شپ دینے کو تیار نہ تھا۔ رفیق صاحب سر پکڑ کر رہ گئے۔ بڑی مشکل سے چند بچے کھچے دونوں کے ہاتھ سے کاغذات چھینے اور پسینہ پونچھتے اور کن انکھیوں سے زہرہ کے کمرے کی طرف دیکھتے

ہوئے درانڈے میں یوں آ بیٹھے جیسے بڑی بھاری کشتی ہار کر آئے ہوں
اب جو انھوں نے سر اٹھا کر غور سے دیکھا تو یہ احساس ہوا کہ گھر انتہائی گندہ پڑا ہوا ہے۔ اور یہ کہ جھاڑو لگانے کا انتہائی اہم فریضہ بھی انہی کو ادا کرنا ہے - اپنی بے پناہ توند کی بیچارگی کا خیال کر کے انھیں زہرہ پر غصہ آ گیا ۔ "کنجوس کہیں کی ۔۔ ایک نوکر اوپر کے کام اور بچوں کے لئے نہیں رکھ لیتی یہ بھی کوئی تک ہے کہ صبح سے لے کر شام تک سارے کام خود ہی انسان نبٹاتا پھرے ۔۔ ؟" بہر حال جھاڑنا تو تھا اسلئے سیدھے ریا تے جو مارنے شروع کئے تو بعد میں اطمینان سے بیٹھ کر حساب جوڑا تو ایک گل دان ۔ دونوں ایش ٹرے ۔۔ شادی کی فوٹو والا فریم اور تین گلاس جو ایک ہی ساتھ دھرے ہوئے تھے شہید ہو چکے تھے ۔۔ سردی کے دن ہوتے ہوئے بھی مارے پسینے اور گرمی کے دم نکلا جا رہا تھا ۔۔ سیدھے باتھنگ گاؤن اٹھا کر باتھ روم میں گھس پڑے۔ ڈھیروں پانی انڈیلنے کے بعد باہر آئے تو اس قدر سکون ملا کہ آرام کرسی پر پڑتے ہی ڈھیر ہو گئے ۔۔ جب آنکھ کھلی تو ڈیڑھ گھنٹے گزر چکے تھے ۔ بہت خوش ہوئے کہ چلو اتنی دیر تو آرام و اطمینان سے وقت کٹ گیا ۔ خانساماں کو کھانا لگانے کے لئے آواز دی تو وہ شکایتوں کا دفتر لئے موجود ہو گئے ۔

"جی آج کیا ہو رہا ہے ۔ صاحب آپ نے ہمیں پیسہ دیا نہیں ۔ سودا بتایا نہیں ۔ ہم کیا پکاتے ۔۔ ؟ اوپر سے آج برتن دھونے والی بائی بھی نہیں آئی ۔ ایسے دنوں میں تو میم صاحب خود برتن وگیرہ دھونے میں ہمارا ہاتھ بٹایا کرتی ہیں ۔۔"

"اتنا کہہ کر وہ چپ رہ گئے مطلب صاف تھا کہ صاحب اتنے کام چور ثابت ہوئے کہ برتن تک نہیں دھوئے۔

رفیق صاحب کا بس نہ چلا کہ اس چوہے کے بچے کو باہر اٹھا کر پھینک دیں پھر یہ سوچ کر غصہ ضبط کیا کہ ایک سے دو بھلے ۔ کم سے کم باہر سے سودا سلف لانے کی تو آسانی رہے گی ۔ جھک مار کر پیسے دیئے ۔ تھوڑی دیر بعد خانساماں پلٹے تو یکساں مونہہ ہی مونہہ میں میم صاحب کا وظیفہ پڑھتے ہوئے جس کا خلاصہ تھا کہ جلدی کے موقعوں پر میم صاحب خود ہی پکانے بیٹھ جاتی ہیں اور یہ حقیقت بھی تھی کہ خانساماں لیے دے کے صرف چاول پکا دیتے اور روٹیاں تھوپ دیتے ۔ لیکن مہنگائی کے اس دور میں زہرہ انہی کو غنیمت جان کر نبھا رہی تھی ۔ باقی کا ہر کام وہ ان کے ساتھ مل کر آدھے سے زیادہ کر لیتی ۔ اسی لئے وہ میم صاحب سے اس درجہ خوش بھی تھے ۔ اب انھوں نے جو ٹیک جھٹک شروع کی ہے کہ بس اللہ دے اور بندہ لے ۔۔۔ انھوں نے میم صاحب کو آئے دن کھڑے مصالحے کا کچا سالن پکاتے دیکھا جس کا نام تو کچا سالن ہوتا مگر اتنا لذیذ ہوتا کہ کھانے والے انگلیاں چاٹتے رہ جاتے ۔ اور یہ ڈش زہرہ ہمیشہ جلدی کے موقعوں پر تیار کرتی تھی اب انھوں نے بیگم صاحبہ کی تقلید میں گوشت میں کچی پیاز ، کچی ادرک ، کچا لہسن ثابت ہری کالی مرچیں اور گھی نمک ڈال کر اوپر سے ڈھکنا لگا کر چولہے پر چڑھا دیا ۔ اور مزے سے اجمیر والے کھاجا بگڑی ہماری بنا دے (خانساماں خود کو سدا جمع کے صیغے میں مخاطب کرتے لفظ "میں" ان کی لغت میں حرام تھا) گاتے ہوئے چاول چننے بیٹھ گئے ۔ چند ہی منٹوں میں انھوں نے نہائی

پھرتی سے چولہے کے دوسرے حصے پر چاول پکاکر رکھ دیئے اور اپنی آسانی کی خاطر بولے ۔ " صاحب دیر بہت ہو چکی تھی ۔ اس لئے ہم دوپہر کے لیے بھی بریڈ ہی لے آئے ہیں ۔ کچھ کورمے (قورمے) سے بہت مجادسے گی چلئے کھانا تیار ہے ۔"

ادہر سے زہرہ ادھر سے رفیق صاحب ، جب ٹیبل پر پہنچے تو خیر زہرہ کے تو پورے دن تھے ۔ اُسے ابکائی آنا ایسی کوئی انہونی بات نہ تھی لیکن رفیق صاحب کو تے ہوتے ہوتے بچی ۔۔ سالن میں سوائے سالن کے ہر قسم کی جاں فزا " خوشبو " آرہی تھی ۔ اور بہت ایسی تھی کہ پیاز ، لہسن ادرک ، مرچیں ہر چیز اپنے اصلی روپ میں تیر رہی تھی اور عجیب وغریب بھبکے اٹھ رہے تھے ۔ رفیق صاحب نے ایک ضروری کام یاد کرتے ہوئے کہا " میں ابھی آیا جولی تم شروع کردو ۔" اور اپنے کمرے میں بھاگ کر پناہ لی ۔

جولی نے گھڑی پر نظر کی ۔ ڈھائی بجے تھے ۔۔ میز پر نظر کی ۔۔ اور اس نے سوچا کہ آج سے پہلے کبھی تین سالنوں سے کم سے میز نہ سجی تھی اور وہ بھی انگریزوں کی طرح ٹائم کی پابندی سے ۔ یعنی ٹھیک ایک بجے ۔۔ ایک پیاری سی مسکراہٹ اس کے ہونٹوں پر اُبھر آئی ۔ ساڑھے تین کے قریب بچے اسکول سے واپس آئے اور آتے ہی ممی کی گردن سے جھول گئے ۔

" ممی آپ نے آج ہمیں کھانا بھی نہیں بھجوایا ۔"

ممی پیار سے ان کے گال تھپ تھپا کر بولی ۔" بیٹے ہم نے اپنے

کہا نہیں تھا کہ آج ہماری طبیعت ٹھیک نہیں ہے تو آج کے دن آپ لوگوں کا ہر کام پپّا ہی کریں گے۔" وہ انھیں پپا کے کمرے کی طرف بھگاتی ہوئی بولی۔ "جاؤ پپا سے کہو ہمارے کپڑے بدلوا کر ہمیں ناشتہ دیجئے تاکہ ہم پارک میں کھیلنے جا سکیں۔ اور ہاں دودھ پینا نہ بھولنا۔

رفیق صاحب پر اس وقت ایک ناگہانی مصیبت آ پڑی تھی ہوا یہ تھا کہ دوپہر کو بقول خانساماں کے کیامت (قیامت) کی گڑبڑ میں ہم اپنی انگلی کاٹ بیٹھے ہیں۔ اب ہم سے پیاز نہیں کاٹی جاتی۔ ذرا آپ ہی اتی پیاز کے چھلکے اتار دینا۔" اور اتنی نہ اتنی پوری کلو بھر پیاز انھوں نے مع ایک خوفناک چھری کے رفیق صاحب کے سامنے لاکر لوٹ دی رفیق صاحب نے پہلے تو دیدے پٹ پٹا کر دیکھا کہ آفس میں کام کرنے والے سات سو روپے ماہانہ کمانے والے ایک گزٹیڈ آفیسر کا کیا یہ بھی کام ہو سکتا ہے۔؟ لیکن جب پھر سے انھیں وظیفہ سننے کو ملا کہ" میم صاحب تو ایسے تکلیف کے دنوں میں ہماری بہت مدد کرتی ہیں۔"

تو وہ تن تنا کر پیاز کاٹنے پر تل ہی گئے۔ پیاز تو خیر کیا کٹتی ہاں دو انگلیاں ضرور کٹ گئیں۔ تلملا کر جو ٹنکچر آیوڈین لگانے اپنے کمرے میں بھاگے۔ تو وہاں پتہ چلا کہ آگے ہی بچوں نے ڈسپنسری قائم کر رکھی ہے ڈکس، ٹنکچر آ - ایسپرو - مرہم - آیوڈکس - کف مکسچر۔ اور گھر میں جو بھی ضروری دوائیں رہتی ہیں۔ سب کو دکان کی طرح سجا کر بڑے ممے صاحبزادے ڈاکٹر بنے بیٹھے ہیں۔ اور روبی صاحبہ ان کے نرس کے فرائض انجام دے رہی ہیں۔ اور مریض بنے ہیں منا اور ننھی۔ جن کو زبردستی کف مکسچر

پلایا جارہا ہے۔ اور وہ چیخیں بلند ہورہی ہیں کہ کان پڑی آواز سنائی نہ دے۔!!

انھوں نے لرز کر سوچا "خدا نہ کرے بجائے کھانسی کے مکسچر کے یہ ایک دوسرے کو ٹنکچر پلا دیتے تو۔ ؟ کیا مصیبت ہے خدا کی قسم یہ گھرداری۔ اور یہ بچے اور یہ خانہ داری — انھوں نے بہ آواز بلند چڑنا چاہا مگر غیرت آڑے آگئی۔

بچوں نے بجائے ڈرنے یا سہمنے کے الٹا انھیں لتاڑنا شروع کردیا "پپا آپ نے ہمیں ناشتہ بھی نہ کروایا۔ کھانا بھی نہ بھجوایا۔ اور جو روز ممی کے بجائے آپ ہی ہمارا کام کریں تو ہم تو مرہی جائیں۔

بات جتنی کڑوی تھی اتنی ہی سچ بھی۔ کیا کہتے۔ ؟ کیا کرتے جھینپ مٹانے کو بولے۔" ارے بیٹے روز روز تھوڑی ہی ایسے ہوگا۔ اب کل سے دیکھنا ذرا — ہم خود تمھیں اسکول سے واپسی پر شاپنگ کو بھی لے جائیں گے۔ اور پتہ ہے کیا کیا دلائیں گے اپنے بچوں کو —؟ وہ پرچانے والے لہجے میں بولے۔ ببلون — چاکلیٹ ٹافی پنسلیں رنگین والی۔ اور جناب کھلونے اور ڈھیر سارا سامان۔" بچے حیرت سے مونہہ کھولے سنتے رہے۔ اور وہ اس موقع کا ناجائز فائدہ اٹھا کر بولے — " تو بس ذرا جھٹ پٹ کپڑے تو بدل ڈالو بچو۔

مگر بڑے صاحبزادے شرماتے ہوئے بولے "پپا ہمیں نیکر کے بٹن لگانے نہیں آتے۔ ہمیں تو ممی ہی کپڑے پہناتی ہیں۔"

جھک مار کر پپا ہی کو کپڑے بدلوانے پڑے۔ ناشتے کا مسئلہ

یوں طے ہوا کہ اتفاقاً انھیں ریک کے اوپر پڑا ہوا بسکٹ کا ایک ڈبہ دوپہر میں نظر آگیا تھا، وہ انھوں نے بچوں کو پکڑا دیا۔ دودھ کے لئے خانساماں کی مدد ڈھونڈی تو اس تلخ حقیقت کا انکشاف ہوا کہ جی وہ ہم گلتی (غلطی) سے دودھ بوتلوں سے نکالنا بھول گئے وہ یونہی دھوپ میں پڑی رہیں۔ بعد کو گرم کیا تو سب پھٹ گیا۔ اب ہم صاب لوگ کا نکسان ہوتے تو دیکھ سکتے نہیں، سو ہم نے اس میں تھوڑی سی شکر چھوڑ دی، اور اس کا میٹھا بنا کر کھا گئے۔"

اس کے بعد تو چڑنے چڑانے کا سوال ہی باقی نہ رہ جاتا تھا۔ مگر شام کی چائے کا مرحلہ جو باقی تھا۔ اس کے لئے دودھ ہر حال میں منگانا ہی تھا ناچار روپیہ دے کر مارکیٹ کو دوڑایا۔

ان میں بار بار زہرہ سے سامنا کرنے کی تاب نہ تھی۔ اس لئے بہت سلیقے کا مظاہرہ کر کے انھوں نے چائے ٹی سیٹ میں اسی کے کمرے میں بھجوا دی۔ بڑے بچوں کے حوالے چھوٹے بچوں کو کیا اور سیر کرنے پارک بھجوا دیا ــــ اب جو گھر میں ایک دم سکون ہو گیا۔ تو یہ لمحات انھیں بڑے غنیمت سے لگے۔ ابھی اطمینان اور سکون کا مزہ لوٹنے کی خاطر انھوں نے آنکھ بند ہی کی تھی کہ پھر خانساماں وارد ہو گئے۔

صاب آج صبح اور دوپہر میں تو آپ کی وجہ سے سارا کام چوپٹ ہو گیا۔ (رفیق صاحب اس صاف گوئی پر دنگ رہ گئے۔) لائیے شام کے لئے ابھی سے پیسے دیجئے ورنہ پھر ٹیم پر کھانا نہیں پکے گا۔ تو بچے تماسا کریں گے ــ"

خانساماں کی اس ہمدردی سے رفیق صاحب بے حد خوش ہو گئے کہ انھیں بچوں کا کتنا خیال ہے۔ دو روپے دیئے تو کہنے لگے۔ " ارے واہ صاحب ایک دن میم صاحب کا جی اچھا نہیں تو جرا تو ڈھنگ کا پکوان کھلائیں۔ ہم تو شام کے لیئے مرگ (مرغ) پکانے کا سوچ رہے تھے۔ دو روپے میں بھلا کون مرگ بیچے گا۔؟"

رفیق صاحب نے بھی سوچا ٹھیک ہے۔ دن بھر کی جان لیوا تھکان اور کام کے بعد رات کا کھانا شاندار ہو جائے تو کیا ہی کہنے! انھوں نے پانچ کا نوٹ اور عنایت کر دیا۔ دہی اور مصالحوں کے لیئے دو روپے خانساماں نے آگے ہی اپنی میلی سی جیب میں رکھ لیئے تھے۔ اس وقت تک مغرب کا ٹائم ہو چکا تھا۔ بچے پارک سے کھیل کود کر لوٹ آئے تھے اور کھانا مانگ مانگ کر اس بھیانک حقیقت کا انکشاف کر رہے تھے کہ آج صبح سے بے چاروں کو ایک سرے سے کھانا ملا ہی نہیں۔

رفیق صاحب نے چاہا کہانی سنا کر ان کا دل بہلائیں مگر سب صاف اڑ گئے کہ کہانی تو ممی ہمیں روزانہ سوتے وقت سناتی ہیں۔ آپ تو ابھی سے سنانے لگے۔ ابھی تو ہم نے کھانا بھی نہیں کھایا۔ رفیق صاحب بار بار باورچی خانے کی طرف جھانکتے مگر وہاں تو اُلّو بول رہا تھا۔ اس آس میں کہ شاید کچن میں کوئی کھانے کی ایسی چیز مل جائے۔ جس سے وقتی طور پر بچوں کی بھوک مٹ جائے۔ وہ گئے تو وہاں جھوٹے برتنوں، جائے کے کپوں کچرے کے اور طرح طرح کے گندگی کے ڈھیر نظر آئے اور وہ الٹے پیروں پلٹ آئے۔ سوچا کہ ذرا باہر نکل کر ہی خانساماں کی خبر لیں کہ آخر اتنی دیر

سے کہاں مرگیا ہے۔ اتفاقاً بازو والے ڈاکٹر صاحب کا نوکر سودا لے کر واپس آ رہا تھا۔ اس نے اطلاعاً عرض کیا۔

"جی آپ کا خانساماں تو سینما کی لائن، میں ٹکٹ کے لئے کھڑا ہے۔" اچانک انھیں یاد آیا کہ زہرہ ہمیشہ بتایا کرتی تھی کہ خانساماں کے ہاتھ میں جہاں زیادہ پیسے دے کہ سیدھے وحیدہ رحمان کے دیدار کو پہنچ جاتے ہیں اور نو کو تو کافی چڑ کر کہتے ہیں۔

"اب آپ چاہتی ہیں کہ ہم دو گھڑی اپنا جی بھی نہ بہلائیں۔ مینا کماری کا پھلم تو کبھی بہت آتی ہے مگر وحیدہ رحمان کی کیا بات ہے۔ برسوں میں آتی ہے ہم اپنے من کو کیسے مار سکتے ہیں۔ ہاں روپیہ آپ شوق سے ہماری پگار میں سے کاٹ لیں۔"

دراصل ایمانداری کا یہی وہ جذبہ تھا جس کی بنا پر جولی خانساماں کو نبھائے جا رہی تھی کہ وقتی طور پر پیسے لے کر بھاگ ضرور جاتے مگر بعد میں آکر خود ہی حساب بتا دیتے اور کہتے کہ "ہماری پگار میں سے کاٹ لیجئے"۔

خانساماں کو روتے ہوئے، رفیق صاحب گھر میں آئے۔ نقشہ ہی اور تھا، بڑے بچوں نے چھوٹے بچوں کی دلبستگی کی خاطر ہر قسم کا الٹمبر سامان باہر لا ڈالا تھا۔ اس میں کپ طشتریوں، چمچوں کے جھنجھنوں سے لیکر فرج میں سے نکالے ہوئے آلو، بینگن، کٹی ہوئی ادھ کٹی ہوئی پیاز، چاقو چھری، پپا کے کاغذات، جوتے، ٹائیاں، پن، اور بھی کئی قسم کا الم غلم شامل تھا۔ لیکن مصیبت یہ تھی کہ بچے آخر بچے ہی تھے کتنے بڑے

کیوں نہ ہوتے۔ پہلے تو دو بڑوں نے چھوٹوں کو بہلانے کی کوشش کی، لیکن لیکن آخر کار چاروں مل کر کورس میں رونے لگے، اس میں پپا کی نا اہلی کی شکایت بھی ہو رہی تھی۔ ممی سے بھوک کی پکار بھی اور ہر ہر قسم کی فرمائشیں بھی۔۔ اور باورچی خانے کا بھی یہ عالم تھا کہ برسوں وہاں سے کھانا پکنے کی خوشبو نہ آپائے گی۔

رفیق صاحب نے دونوں ہاتھوں میں سر تھام لیا۔ اور رہ رہ کر زہرہ کے کمرے کے دروازے کی طرف دیکھنے لگے۔ ایک دم زہرہ دروازے پر نمودار ہوئی۔ ایک لمحے کو دونوں کی نگاہیں ملیں۔ اُف جولی کی وہ نگاہیں ان میں غصہ تھا نہ شکایت۔ کوئی طعنہ تھا نہ الاہنا۔ بلکہ رحم بھرا پیار تھا۔ نگاہیں جو بے زبانی سے کہہ رہی تھیں " میں تمہیں کوئی طعنہ نہیں دوں گی۔ میرے رقو کیوں کر میں جانتی ہوں کہ تمہارا میدان اور ہے میرا اور۔"

رفیق صاحب کا دل ایک لمحے کو چاہا کہ اپنی زیادتی کا اعتراف کر ہی لیں لیکن مرد کی فطری ہٹ ان کے آڑے آ گئی۔ انھوں نے دھڑاکے سے اٹھ کر اپنے کمرے کا دروازہ کھولا اور اندر ہو کر کمرہ مقفل کر لیا۔

منتخب یادگار افسانوں کا ایک اور مجموعہ

سونا چاندی

مصنفہ : واجدہ تبسم

بین الاقوامی ایڈیشن منظر عام پر آچکا ہے

www.ingramcontent.com/pod-product-compliance
Lightning Source LLC
LaVergne TN
LVHW010807051026
849532LV00007B/2462